AF339207

# L'HUMANITÉ,

### Ses Droits, ses Espérances, l'Amélioration de son Sort.

## ESSAI

# D'UNE TRIBUNE POÉTIQUE

### EN FAVEUR DE L'ESPÈCE HUMAINE.

## Par M. E. BREBION, prêtre,

Auteur de poèmes divers, de Fables, Allégories,... de quarante-deux
Épitres, et notamment du poème la *Vérité à Rome, Paris et Londres.*

### (N° 2.)

Prix : 50 c , et 60 par la poste.

La vérité toujours est utile aux mortels ;
En vain pour les duper on leur forge des fers ;
Par la grâce de Dieu le vrai chr stianisme
De cruelles erreurs renversa l'empirisme !

Défendez, ô prélats, tous les droits des humains,
Et vous serez pour eux des messagers divins !
Ayez les yeux ouverts, voyez la propagande ;
Craignez que son esprit sur les peuples répande
Ces écrits qui déjà pénétrent l'univers,
En s'infiltrant partout. sous tant d'aspects divers.
Vous le savez, seigneurs, la puissante Angleterre
De ses livres nombreux peuple toute la terre ;
Et, plus *grande* que nous de près de deux cents ans,
*Albion* obtiendrait des succès triomphants.
C'est en vous, ô prélats ! que gît notre espérance ;
Soyez nos avocats comme ceux de la France...

E. Br**, Epitre 33°, aux évêques et archevéques.

## À PARIS,

### CHEZ L. LACROIX, LIBRAIRE, RUE HAUTEFEUILLE, 16.

## 1844

# AVIS

## QU'ON EST PRIÉ DE LIRE.

Le titre , *Essai d'une Tribune poétique*, nous avons cru devoir le faire précéder de celui de *l'Humanité, ses droits, ses espérances, l'amélioration de son sort.*

Si Dieu et la justice humaine nous prêtent aide et secours, et que nos droits ne soient pas odieusement violés, nous pouvons garantir que jamais journal ( si la *Tribune* parvient à cet état) n'aura mieux rempli son titre et sa promesse. Défendre courageusement la cause de l'humanité, par l'application des principes de la métaphysique, du droit naturel et des lumières de la révélation, laquelle ne peut, n'a jamais pu et ne pourra jamais contrarier la loi de nature ; mais au contraire l'expliquer, l'étendre et la confirmer.

S'il était un témoignage qui pouvait nous flatter, c'est celui qui nous a été rendu que nous travaillons avec conviction, avec courage et énergie à l'amélioration de l'espèce humaine et à celle, en particulier, de nos pairs, les curés desservants, qui portent à eux seuls tout le poids du jour et de la chaleur.

Cette précieuse consolation ne s'est pas fait attendre, et déjà des hommes du plus haut mérite, aux suffrages desquels nous attachons le plus grand prix, nous ont écrit « que l'on était forcé de reconnaître en nous cet amour « ardent et courageux de la justice qui ne recule devant aucun obstacle et « que caractérise un rare talent poétique, » dont la vérité toutefois et la modestie nous font un devoir de nier chez nous l'existence, à ce degré du moins.

Ce n'est pas que quelques observations, mais toutes bienveillantes, ne nous aient été aussi adressées. Quelques lecteurs eussent désiré, par exemple, au lieu de *fragments de poésies, les voir entièrement terminées avec le même bonheur qu'elles ont été commencées.*

A cette flatteuse observation nous répondrons : 1o que nos poésies sont entièrement terminées, et qu'il faudrait au moins mille pages de ce caractère pour les imprimer ; or. il est impossible qu'on les reproduise dans une brochure de vingt pages ; 2° qu'en faisant publier un grand nombre de fragments de nos poèmes nous avons voulu démontrer que l'*Humanité, Tribune poétique*, ne manquerait jamais d'aliment pour sa rédaction ; 3° que si quelques épîtres ne sont citées qu'en *fragments*, c'est que nous voulons éviter jusqu'au reproche de provoquer des persécuteurs ineptes, cruels et puissants, qui ne manqueraient pas de couper le cou du poète pour l'empêcher de chanter.

Que mes lecteurs veulent m'en croire sur parole, ce sont précisément les passages les moins médiocres qu'il me faut supprimer ; car je sens ma verve s'exalter et s'élever peut-être à une certaine hauteur, quand je signale des abus odieux dont sont encore victimes les citoyens du peuple le plus éclairé de la terre. Améliorer c'est notre devise, et cette amélioration nous voulons l'introduire partout au profit des masses ; nous pensons que dans un gouvernement constitutionnel tout doit se faire *pour le peuple*, en politique, en administration et en religion surtout, où une indifférence injurieuse au clergé, une incurie inexplicable impose quelquefois des choix si *affreux* qu'il faut les subir pour y croire.

Quant à nous, nous nous efforcerons d'avoir l'intelligence de nos intérêts comme ceux de notre souffrance, et le courage ne nous faillira jamais !

# ESSAI

# D'UNE TRIBUNE POÉTIQUE.

« Dieu grave en tous les cœurs la loi de la nature,
« Seule à jamais la même, et seule toujours pure.
« Les humains forment Dieu selon leurs intérêts;
« Ils aveuglent les gens pour les prendre en leurs rets.
« Dans la religion la contrainte est un crime;
« Et celui qui la souffre est celui qui l'opprime!

## COUP D'ŒIL GÉNÉRAL

Où l'on examine l'action du clergé sur la société moderne. — Urgente nécessité de réformer le Concordat de 1801 par l'introduction de l'inamovibilité des curés desservants, et de l'élection de tous les dignitaires ecclésiastiques par une sage combinaison d'électeurs prêtres, civils et municipaux. — Appréciation des vues providentielles de Dieu sur les peuples. — Que les persécutions, la souffrance et le désespoir même entrent dans ses desseins impénétrables pour l'amélioration de l'espèce humaine. — Examen d'une *Esquisse d'une Philosophie*, par M. l'abbé Félicité de *Lamennais*. — Fausse position prise par les évêques de France lors de la révolution de juillet.— Conséquences qu'elle devait avoir. — Que les hommes se sont donné un tort immense en prenant en sous œuvre les œuvres de Dieu même. — Que le gouvernement constitutionnel et représentatif est réellement le gouvernement juste et évangélique. — Abolition de l'esclavage par la nation anglaise, la plus puissante et la plus éclairée du monde. — Aurore d'une ère nouvelle dont le clergé inamovible et électif doit être l'organe naturel et éclairé. — Nécessité d'un Cathéchisme politique et civil à l'usage des enfants, qui leur explique les droits et les devoirs des hommes comme chrétiens et citoyens.

---

« Travailler pour le bonheur de ses semblables, consacrer les faibles talents que la nature nous a accordés pour leur procurer un bonheur réel qui fait l'objet constant de nos efforts redoublés, c'est là, j'ose l'assurer, le but le plus louable que l'homme puisse jamais se proposer ici-bas; les succès ne couronnassent-ils pas ses efforts, des cœurs reconnaissants ne lui en devraient pas une moindre reconnaissance. »

« Obligé par état de me consacrer à l'instruction des peuples, poussé d'ailleurs par inclination autant que par devoir à prêcher la vérité, j'obéis ici à une double loi, à celle de l'obligation et à celle du cœur. »

Telles sont les paroles textuelles dont je me servais dans la préface de mon *Mentor Indispensable*, imprimé il y a vingt ans.

Dès lors, comme aujourd'hui, une conviction motivée et profonde me révélait bien des abus dont était dupe et victime notre pauvre humanité, livrée bien plus que de nos jours aux caprices de l'arbitraire et au bon plaisir d'une puissance presque sans contrôle; aujourd'hui du moins une dynastie libérale préside à nos destinées.

L'expérience de vingt années, dont les deux tiers passés dans un *exil volontaire* dont j'acceptai la pénible et douloureuse adoption comme un moindre mal, n'a fait que me confirmer dans cette inébranlable conviction que des améliorations essentielles étaient réclamées, notamment dans la discipline administrative de l'Eglise catholique en France.

Si, comme il serait absurde d'en douter, il est vrai que le clergé soit la première magistrature du monde, il réclame donc comme première et essentielle condition l'*inamovibilité*, du moins après dix ans d'exercice; et l'élection de ses dignitaires par une sage combinaison d'électeurs prêtres, civils et municipaux, qui le mette en harmonie avec la cho e constitutionnelle, n'est pas une condition moins essentielle et moins impérieusement réclamée par la justice, la raison et l'équilibre de nos institutions politiques et civiles. L'action du clergé ne peut s'exercer qu'à ce prix.

La question est délicate, au reste, nous ne saurions nous le dissimuler; et rien, sinon le désir louable d'être utile à l'humanité, à la patrie et au clergé dont nous sommes membre, ne saurait excuser les efforts que nous tentons ici, et que nous tenterons désormais dans *l'Essai d'une Tribune Poétique*, de nous adresser à tout ce que la société a de plus respectable dans l'espoir d'obtenir une heureuse modification au Concordat de 1801, qui consacre les droits du clergé si longtemps méconnus; mais nous avons tout lieu d'espérer que l'excellence de notre cause nous garantira l'estime et l'appui des hommes justes et généreux.

Un moment de réflexion, un peu de bonne foi feront bien vite comprendre que l'inamovibilité du clergé du second ordre, après dix ans d'exercice, est tout à la fois une mesure de justice, d'équité, de saine politique et de haute moralité, condition essentielle d'influence sur la société.

L'inamovibilité des *curés desservants* est un acte de justice et d'équité en ce qu'il soustrairait cette portion intéressante du clergé, qui porte presque à elle seule tout le poids du jour et de la chaleur, au double arbitraire des personnes et des choses.

Aussi longtemps que la malveillance nourrira l'espoir de disgracier les *curés desservants* par un changement involontaire et violent, leur changement sera un encouragement au scandale le plus odieux et aux calomnies les plus cruelles et les plus immorales.

Un simple desservant, quelque vertueux qu'il soit, quelques talents qu'on lui suppose, ne résistera jamais à la malveillance systématique de ses persécuteurs, qui redoublent d'efforts en raison même de ses vertus et de son influence; aussi est-il bien remarquable que tout ce que le clergé renferme de respectable s'accorde à reconnaître que l'amovibilité du clergé du second ordre suffirait seule à la longue pour détruire la religion en France, puisqu'elle s'explique au profit des méchants et au détriment des défenseurs naturels des principes religieux.

Telle était l'opinion, d'un poids immense, du vénérable Pie VII, d'impérissable mémoire, qui porta jusqu'au tombeau le regret d'avoir placé le clergé du second ordre sous la funeste dépendance des personnes, des choses et même du hasard. Ce fut à cette occasion que cet illustre pontife dit à M. de *Beaumont*, évêque nommé de *Plaisance* : « Le bon Dieu sait les « larmes que j'ai versées sur le Concordat que j'ai eu le malheur d'accepter; « j'en porterai la douleur jusqu'au tombeau, et c'est un sûr garant que je ne

« serai pas trompé une seconde fois..... J'ai admiré le courage du clergé
« français pendant la tourmente révolutiounaire. Ah ! combien je regrette
« que la nécessité d'arranger les affaires de France m'ait forcé d'adopter
« des conditions si défavorables pour le clergé du second ordre ! je l'ai
« placé ( pour l'amovibilité ) dans une position si précaire qu'il est soumis à
« la double influence du gouvernement civil et des schismatiques. »

( Captivité de Pie VII. )

L'amovibilité arbitraire des curés desservants est évidemment immorale.
Le premier caractère de l'homme de bien consiste évidemment dans sa liberté et dans son indépendance; or n'est-il pas de toute évidence que le
desservant amovible est constitué dans une position si précaire que, dans
mille circonstances, il ne pourra agir conscieusement qu'avec héroïsme ; or,
est-il juste et raisonnable d'exiger l'héroïsme de la part d'une classe nom-
breuse d'ecclésiastiques, qui, quelque vertueux qu'on les suppose, ne le
seront jamais assez pour se mettre au dessus de graves considérations qui
sont souvent de nature à compromettre leur existence?
C'est un fait qu'on ne saurait contester, que le desservant amovible est tous
les jours placé dans cette alternative ou qu'il lui faut agir contre sa conviction, même contre le bien public, ou bien compromettre son existence ;
et, en effet, le desservant amovible agira contre sa conviction, par la même
contre sa conscience, par suite, contre la morale particulière et publique,
si, pour éviter une persécution ou une disgrâce il devient le flatteur ou le
complice des méchants dont il devrait être le redoutable censeur. Le desservant amovible agira même contre le bien public et la patrie si, dans des
moments de crise, comme la révolution de 1830, il est forcé, en vertu d'or-
dres supérieurs, à parler et à agir contre l'intérêt de la nation.
Un fait rendra ici cette vérité sensible. L'on sait que l'immense majorité
des évêques n'était guère favorable à cette révolution ; l'on sait encore
qu'ils ordonnèrent des prières publiques pour obtenir des élections absolutistes et favorables à Charles X en juin 1830. J'étais alors dans le diocèse
d'Amiens dont monseigneur de Chabens, aumônier de la duchesse de Berry,
était évêque ; ce prélat ordonna l'exposition du saint-sacrement pour obtenir des élections antinationales. Comme je le suis encore aujourd'hui j'é-
tais favorable à la cause qui a triomphé, et cependant je dus, comme tout
le clergé, lire le mandement et me conformer, extérieurement du moins,
à ses prescriptions ; car, on peut bien le penser, je ne demandai pas à Dieu
des élections absolutistes, mais bien constitutionnelles et nationales ; et
alors même que je lus au prône la circulaire du prélat, je pris la confiance
d'adresser à Charles X mon épître n° 4, par ordre de composition.
L'on sait que cet infortuné monarque, alors mieux conseillé, avait dit :
Plus de hallebardes ! plus de censure !!! Charmé, pour ma part de ces heu-
reuses dispositions du monarque, je lui avais adressé une ode au sujet de
son voyage au camp de Saint-Omer, en 1827. Cette circonstance m'avait
valu l'honneur d'être placé immédiatement derrière ce monarque, de manière que je pouvais entendre toutes ses paroles pendant son dîner chez
monseigneur l'évêque de Cambray.
C'était le souvenir reconnaissant de cette petite faveur qui m'avait tout
à la fois encouragé et autorisé à destiner à l'infortuné Charles X l'épître
dont je vais reproduire la première page ( la 4ᶜ dans l'ordre de la composition, la 10ᵉ du premier catalogue ).

## QUATRIÈME ÉPITRE.

# A Sa Majesté Charles X,

JUILLET 1830.

FRAGMENT.

. . . . . . . . . . . . . . . . . . .
De tes vaillants soldats le merveilleux courage
Vient de l'antique *Alger* de conquérir la plage :
Des succès inouïs couronnent tes vieux ans,
Sous tes coups sont tombés d'ambitieux forbans;
Resplendissant de gloire, et de gloire immortelle,
Fais reluire le jour d'une paix éternelle!
Ton peuple dévoué te prodigue son sang;
Qu'il soit des nations admis au premier rang!
Que de la liberté la cause juste et sainte
Dans tes actes toujours soit désormais empreinte!
Mieux que moi tu le sais, le peuple aime ses droits,
Prix de tant de combats, de si nobles exploits!
Son évangile à lui c'est maintenant la charte;
Qu'elle ne soit donc pas une vaine pancarte
Qu'une imprudente main prétendrait déchirer;
Mais quel roi si puissant oserait y toucher!
Il signerait par là sa juste déchéance,
Détesté des Français, expulsé de la France!
Au traître conseiller, au prince *Polignac*,
Oh! daigne préférer le sage *Martignac*
Qui, d'un soin éclairé, t'éloigne de l'abîme,
Que creuse sous tes pas l'ineptie ou le crime.
Défends les intérêts de notre nation,
Ecoute du bon droit la réclamation;
Et d'un parti fatal méprisant la rouerie
Montre-toi défenseur des droits de la patrie!
Autrement, grand monarque, un souvenir amer
Me ferait regretter le chant de *Saint-Omer*,
Alors que tu disais d'une voix douce et pure :
Oh! *plus de hallebarde! et jamais de censure!*
. . . . . . . . . . . . . . . . . . .

E. BREBION, *prêtre.*

Autant que qui que ce soit, je savais bien que mon épître serait un coup
d'épée dans l'eau, que peut-être même elle ne serait pas lue, ou, qui pis

est, méprisée ; mais j'ai obéi à l'impulsion de mon cœur, et *Charles X* est mort dans l'exil !

Nous avons démontré que l'amovibilité des *curés desservants* était une injustice, une iniquité ; qu'elle était immorale et nuisible souvent au gouvernement même, et cela sous plus d'un rapport.

Assurément le secret d'une bonne politique est de faire des heureux. Les infortunés qui sont tombés dans un malheur immérité par suite de la loi civile ou religieuse s'en prennent naturellement au gouvernement comme à la principale cause du dommage qu'ils éprouvent ; et, en effet, c'est au gouvernement qu'il appartient naturellement de corriger le tort des lois et des institutions par une administration sage, prévoyante, paternelle et réparatrice. Le gouvernement doit être assez juste et assez puissant pour protéger le faible contre le fort ; il ne doit souffrir ni tolérer d'injustice nulle part, ni de qui que ce soit.

Tous les jours on le répète, il faudrait trouver le secret de conquérir à l'opinion publique et de gagner au gouvernement de juillet le clergé français du second ordre. Eh bien ! pour cela il vous suffira d'être juste à son égard. Arrachez-le au triple arbitraire de l'impiété, du caprice et du hasard, et après cela comptez sur lui : il vous aidera d'une manière franche et loyale dans tout le bien que vous tenterez.

*Napoléon,* dont l'absolutisme avait voulu réunir en ses mains puissantes toutes les rênes des diverses administrations de son vaste empire, et qui, dans ce but, avait rendu les desservants amovibles pour les tenir à sa discrétion, s'est amèrement repenti en 1814 de n'avoir pas, comme il le disait à *Troyes, créé un corps sacerdotal puissant pour influencer les populations à son profit.* Mais la faute était commise ; il n'eut plus le temps d'y revenir !!!

Les maîtres du monde comptent trop sur leur toute-puissance dans la prospérité ; ce n'est que dans le malheur qu'ils aperçoivent leurs torts et quand ils ne peuvent plus y apporter de remède.

Une erreur bien grave ce serait de croire que protéger le haut clergé c'est protéger aussi le clergé du second ordre. Toutes les puissances quelles qu'elles soient périssent par exhubérance d'autorité, par abus de pouvoir ; dans un édifice moral comme dans un monument matériel il faut nécessairement des proportions pour qu'il ait des conditions non seulement de durée, mais même d'existence.

L'édifice religieux doit avoir pour appui des pierres morales solides et bien cimentées ; mais en place que voyons-nous ? des pierrailles fragiles qu'on déplace à volonté les unes après les autres, qu'aucun ciment ne lie entre elles, ce qui fait que l'édifice, au lieu de se maintenir majestueux dans les nues, farde jusqu'au sol. L'épiscopat, qui pèse de son poids immense et disproportionné sur le clergé du second ordre, est comme une voûte gigantesque qui s'appuie sur des colonnes d'étoupe !

Dans tout gouvernement, et surtout dans un gouvernement constitutionnel et représentatif, ce ne sont jamais les chefs d'aucun corps qu'il faut *exclusivement* protéger, comme le dit encore *Napoléon* dans son mémoire de *Sainte-Hélène,* mais bien le corps lui-même ; ainsi, comme l'observe avec tant de raison ce grand homme, ce ne sont pas *exclusivement* les généraux, les colonels, les évêques, les préfets qu'il faut favoriser, mais s'assurer si les corps auxquels ils commandent sont administrés avec justice et équité.

Pour ce qui est du clergé du second ordre, n'est-il pas étonnant, injuste, immoral que trente mille desservants agissant sur trente-quatre millions d'habitants libres n'aient pas, eux, de liberté ? n'est-il pas révoltant d'iniquité qu'ils soient privés du bénéfice de l'élection, quand tout ce qui les environne, depuis le conseil municipal du dernier village de France, la garde nationale, tout enfin jusqu'aux élus du peuple profite de ce précieux avantage?

Le Concordat de 1801 met donc évidemment trente mille Français hors la loi, et même hors du droit commun; car l'existence morale d'un homme est bien plus précieuse que son existence matérielle. Or tout prêtre amovible peut voir à chaque instant son existence morale compromise; une signature, une éponge en feront l'affaire : on l'effacera du livre de vie, sans même l'entendre, sans lui accorder une parole, une seconde de défense!

Un pauvre desservant est-il volé, il faut qu'il se taise! est-il atrocement calomnié, il faut qu'il se taise encore! car autrement l'autorité supérieure ne manquera pas d'ajouter à son préjudice un autre bien plus grave qui serait son changement, ou si l'on veut une disgrâce; car il ne faut pas que le prêtre ait d'ennemis, et on se ferait un ennemi mortel en dénonçant son calomniateur et son voleur. Il ne faut pas avoir d'ennemis, ô mon Dieu! mais notre divin Rédempteur n'a-t-il pas eu les siens? ne l'ont-ils pas condamné à mort et à la mort infâme de la croix? et parmi les ennemis du Christ ne comptait-on pas les grands-prêtres *Anne* et Caïphe comme les plus acharnés?

Il ne coûte nullement à notre bonne foi de convenir que l'amovibilité arbitraire des desservants est souvent très pénible à nos vénérables évêques; qu'ils sont souvent obligés de céder à l'omnipotence de certaines influences irrésistibles, à des préventions populaires injustes et insurmontables; c'est justement une raison de plus pour que le gouvernement efface du Concordat la déplorable amovibilité des curés desservants.

Comme en toute matière ce sont les faits qui prouvent le mieux et font le plus d'impression sur les esprits, nous citerons pour prouver que le clergé est réellement hors le droit commun un fait entre cent, qui rendra sensible cette triste vérité.

Nous prendrons pour exemple *M. Baïlly*, ancien vicaire général, ancien supérieur du séminaire d'*Amiens*, qui, lui aussi, après trente ans de prospérité, tomba dans la disgrâce.

Eh bien! *M. Bailly*, qui peut-être se montra quelquefois insensible au malheur de tant de prêtres, devait éprouver à son tour une de ces injustices qui font rentrer l'homme en lui-même, et adoucissent l'âpreté des caractères les plus revêches.

L'affaire serait trop longue à relater ici en détail, nous nous bornerons donc à signaler son résultat. *M. Bailly*, s'il eût obéi à son supérieur, était tout à la fois et déshonoré et ruiné; que fit-il donc dans cette situation pénible? il dut recourir aux tribunaux ordinaires, et rentrer ainsi dans le droit commun, qui lui donna raison et gain de cause.

Tant il est vrai de dire que le malheur est bon à quelque chose, ne fût-ce que pour mettre l'homme à la raison. *M. Bailly* ne dira sans doute plus qu'une obéissance aveugle aux autorités ecclésiastiques est nécessaire en tout et toujours de la part du clergé; car, de fait, il en appela de l'autorité de son supérieur, et fit bien; car il perdait sans son appel à la loi civile et son honneur et ses moyens d'existence.

Que j'aime à lire, dans l'affaire de *M. Bailly*, ces belles et nobles paroles de *M. de Charancey*, substitut du procureur du roi : « Qu'est-ce à dire, « grand Dieu!... est-ce que les formalités de la justice ne sont pas absolues, éternelles, immuables, qu'elle se rende dans une maison religieuse, « dans un conseil de guerre ou à votre tribunal, messieurs? qui donc peut

« sans sacrilége usurper la puissance divine, et dire sans avoir *entendu*
« *la défense* je porterai un jugement infaillible ? »

Et cependant, *M. Bailly* n'a-t-il jamais porté dans sa puissance aucun
jugement sans avoir entendu, je ne dirai pas une défense complète, mais
un mot, une seconde de défense ? Qu'eût il dit, qu'eût-il pensé, si le tribunal au lieu de prendre sa défense avec tant de raison et de chaleur lui
eut dit : « Vous avez votre chef, allez vous faire juger par lui ! » Dieu merci
il était déjà jugé, et l'on sait comme !

Combien pourtant de vénérables prêtres, sans puissance, sans trop de
talents qu'il ne faut, sans moyens pécuniaires, sont forcés de passer condamnation sur des injustices bien plus horribles que celle qui fit pleurer
*M. Bailly* comme une femmelette !

C'est mon opinion personnelle, et c'est celle de tous les hommes de *Rome*
à *Siam*, que si la justice et la charité étaient bannies de l'univers, on devrait
les retrouver dans le cœur des évêques ; mais, hélas ! en est-il toujours ainsi,
et le contraire n'arrive-t-il pas trop souvent ? J'ai vu de mes yeux rentrer
de l'évêché des hommes justes et équitables, frapper du pied et du poing,
et s'écrier : « C'est d'un évêché qu'on doit attendre raison et justice, et
« nous n'en avons pas même été écoutés, ni reçus ; tandis qu'à la préfec-
« ture on nous accueille avec honnêteté et politesse. Jamais nous n'aurons
« de confiance à un pouvoir aussi cruel et aussi arbitraire ! »

Toutes les excuses qu'on alléguerait ici ne valent pas même la peine
d'être discutées ; le forçat lui-même n'est pas jugé sans être entendu, et
pourquoi ne pas entendre un prêtre ? vous le rangez donc au dessous du
forçat ? L'homme, parcequ'il est puissant, peut-il faire ce qu'il veut ? Par
exemple, je rencontre sur mon chemin, en un lieu détourné, l'enfant de
mon ennemi, endormi sur le chemin ; j'ai le pouvoir de lui marcher sur le
cou et de le tuer ; mais en ai-je le droit ? non assurément ! Les supérieurs
ecclésiastiques ont mille fois moins celui de déshonnorer un prêtre sans
l'entendre ; car un prêtre a un rang dans la société ; il a l'appréciation de
son existence, de son honneur et de ses droits.

Qu'on examine de près la source d'où surgissent tant d'horribles injustices dont les prêtres sont victimes, l'on verra bientôt que toutes, sans exception, sont aussi impures que cruelles. On remarquera bientôt qu'elles
ont pour cause l'ambition et l'orgueil, et souvent ces deux causes réunies.
L'on se sert du prêtre comme d'un piédestal pour s'élever aux *dignités* dont
on est *indigne ;* et l'on veut discréditer les hommes substantiels qui seraient
un obstacle à cette élévation usurpée !

Ici peut-être pourrai-je me citer pour exemple ; pendant plusieurs années
je me vis poursuivi par un dignitaire *affreux,* c'est le mot, et la Provi-
dence sait apprécier et nommer les personnes et les choses par leur nom.
Pour ma part je ne pouvais expliquer un acharnement aussi gratuit et aussi
révoltant ; il me fut expliqué par un homme de talent et d'expérience, qui
me dit dans une circonstance pour moi mémorable : « *M. Brebion,* vous ne
« pouvez vous expliquer les disgrâces incessantes dont vous êtes l'objet ;
« peut-être n'avez-vous pas réfléchi aux causes qui les produisent. *M. Af-*
« *freux,* par suite de la révolution de juillet, ne peut nourrir aucun espoir
« d'avancement vu l'opinion légitimiste qu'il a si imprudemment embrassée.
« D'un autre côté, il n'ignore ni vos moyens, ni vos poésies, ni vos opinions
« favorables à la dynastie d'Orléans ; il vous hait et vous craint pour ces
« deux motifs : c'est pourquoi il veut vous discréditer pour s'opposer à votre
« légitime prospérité, car alors vous contrebalanceriez et annuleriez peut-
« être son influence. » *M. Defl.,* curé de *W.*

Le prêtre vénérable qui me tenait ce langage avait été lui-même si odieusement maltraité par ce même dignitaire, et pour moins de rien, qu'il n'en parlait le plus souvent que les larmes aux yeux et en citant des passages de *Labruyère* qui peignaient au naturel la nullité et l'ambition de cet intrigant. Quand on pense que ce prêtre vénérable était plus qu'octogénaire, et que son supérieur avait plus de quarante ans de moins que lui, le cœur se soulève au seul souvenir d'une telle indignité.

Mais qu'est devenu ce dignitaire, si imprudemment et ostensiblement légitimiste? il est sans doute aujourd'hui vicaire dans quelque bourgade, avec d'autant plus de raison qu'il n'a jamais su ni ne saura jamais ni prêcher, ni chanter, ni même dire décemment une messe basse, et que sa gaucherie est proverbiale en toute chose! A cette demande je ne peux répondre qu'une chose, c'est que si je sais bien où il mérite d'être, je sais aussi qu'il est où il ne mérite pas d'être. L'acte le plus immoral, surtout pour la loyauté et la franchise françaises, un ralliement scandaleux en a fait sinon un homme de mérite du moins un homme de puissance; et celui qui s'est courageusement prononcé pour la dynastie de juillet en est à se rappeler le *sic vos non vobis* de Virgile; et, comme toujours, il est le Raton de la fable; mais aussi pour consolation n'a-t-on pas dit de lui ce bon mot si spirituel et si vrai : « Autrefois la croix de bois représentait mieux que de « l'or, aujourd'hui c'est de la boue qu'on incruste dans une croix de pier- « reries! »

Quel contraste entre la douceur et la tolérance évangéliques des fils de Dieu et la dureté brutale de certains dignitaires cruels et brutaux? Le *Christ* ne réprouva pas même *Judas* dont il connaissait la trahison et les intentions déicides! ce ne serait peut-être pas une calomnie que de dire que des *Judas* vendraient de nouveau le *Christ* s'il revenait sur la terre! les *Anne* et les *Caïphe* surgissent à foison.

Hélas! que produisent tant de persécutions, de méconnaissances, d'injustices et de cruautés, sinon le découragement, le désespoir et le scandale? que gagnent les hommes de puissance à ravaler et à déconsidérer leurs inférieurs? ne se ravalent-ils pas d'autant eux-mêmes, selon cette noble pensée de *Lamartine* :

> « Avilir les humains ce n'est pas se grandir;
> « C'est éteindre le feu dont on veut resplendir;
> « C'est abaisser sous soi le sommet où l'on monte;
> « C'est sculpter sa statue avec un bloc de honte. »

*( Epître à M. Huber. )*

Et puis à ceux qui connaissent le cœur humain et l'histoire n'appert-il pas que les souffrances, les douleurs et les persécutions sont des moyens dont Dieu se sert pour perfectionner les peuples et les individus?

Le désespoir lui-même n'entre-t-il pas dans l'économie des secrets du Tout-Puissant? n'est-ce pas à l'aide du désespoir des hommes qu'il a fait surgir de leurs efforts tant de chefs-d'œuvre, tant de révolutions civilisatrices qui ont changé la face du monde? n'est-ce pas dans sa prison que l'illustre *Boèce* a composé son livre admirable de *la Consolation, de la Philosophie et de la Théologie?* Voltaire n'en fait-il pas l'aveu? ce fut dans la Bastille, où il avait été jeté injustement, que s'éveillèrent en lui ces idées brûlantes de liberté dont il fit bouillonner l'Europe; qui, en quelques années, firent dans les esprits cette révolution étonnante et rapide que la révolution de 93 incarna dans le peuple français ! *J.-J. Rousseau* le révèle dans sa correspondance avec madame la marquise de *Créquy*, ce fut entre deux exils, aux persécutions qu'il eut à subir qu'il dut la première idée du *Contrat social*, symbole de notre charte constitutionnelle ! enfin ce fut de nos jours, dans la captivité de Sainte-Hélène, que *Napoléon*, sous la dictée de ses généraux, composa ses mémoires célèbres, qui eussent fait de ce grand homme un illustre écrivain s'il n'eût été le plus grand capitaine et le plus grand législateur de nos temps modernes !

*Napoléon*, illustre écrivain ! qui l'eût jamais prévu ? ce ne fut pas assurément son professeur, *M. Kéralio*, qui à la sortie de *Bonaparte* de l'école de *Brienne* lui donna le témoignage suivant : « *M. de Buonaparte* (*Napoléon*),
« né le 15 août 1769, taille de quatre pieds dix pouces six lignes, âgé de
« quinze ans. a fait sa quatrième : de bonne constitution, santé excellente,
« caractère soumis, honnête, reconnaissant, conduite régulière ; s'est tou-
« jours distingué par son application aux mathématiques ; il sait très pas-
« sablement son histoire et sa géographie ; il est assez faible pour le latin ;
« ce sera un excellent marin ; il mérite de passer à l'école militaire de
« Paris. »

( Mémoires de BOURIENNE, t. I, p. 38.)

Voilà une prophétie du P. *Kéralio* qui a été dépassée de quelque peu par la réalité ; et pour ma part je pense que la captivité de Sainte-Hélène a fourni à *Napoléon* le loisir de la méditation, de se plier et replier sur lui-même ; et que c'est à cette circonstance que nous devons un illustre écrivain de plus ; car rien ne donne à l'homme substantiel plus de ton et d'énergie que le malheur et la persécution ; il se multiplie, il se *millifie*, si j'ose m'exprimer ainsi ; il se sonde, il se tâte dans tous les recoins de son cœur et de son âme pour y chercher des qualités et des ressorts qui lui étaient inconnus à lui-même !

Il est donc vrai de dire que la persécution et le malheur, si horribles qu'ils soient à éprouver, sont du moins bons à quelque chose ; ce fut souvent au désespoir qui en résulte que les peuples ont dû la ruine de la tyrannie. *Guillaume Tell*, forcé par une barbarie odieuse à toucher un pomme sur la tête de son fils, délivra sa patrie du despotisme des Allemands, etc...

Peut-être pourrions-nous attribuer à la persécution les efforts incroyables qu'a faits M. l'abbé de *Lamennais* pour s'élever à cette hauteur littéraire et philosophique qui en font un écrivain des plus étonnants de notre siècle ; car, si cet homme célèbre est un mélange d'erreurs et de connaissances inouïes, la bonne foi veut que l'on convienne que des déboires bien pénibles ont dû aigrir cette imagination ardente, ce cœur brûlant et irascible. Telle est du moins l'opinion générale exprimée par les journaux. Quant à nous. nous pensons que rien ne peut excuser des égarements aussi graves que ceux de son *Esquisse d'une Philosophie*, où ce nouvel *Origène* rejette jusqu'à la révélation, puisqu'il y nie l'existence du péché originel ; or s'il n'y a pas de péché originel, la révélation n'existe pas et ne peut même avoir de raison d'être, puisque notre Christ divin n'est venu sur la terre que pour la rédemption du genre humain de l'enfer, nécessitée par le péché.

Hélas ! c'est un triste fait à remarquer que l'erreur semble être l'apanage des hommes, dont les plus grands génies ne sont pas exempts ; et ce n'est qu'avec une douleur profonde que nous sommes forcé de constater les aberrations inexplicables d'un homme célèbre dont l'influence sur son siècle ne peut être qu'immense.

Ce qui frappe l'esprit d'étonnement sinon d'admiration, en lisant l'*Es-*

*quisse d'une Philosophie*, ce sont les prodigieuses recherches qu'a nécessitées la publication d'un pareil ouvrage.

Ce n'est peut-être pas exagérer que de dire que des milliers de philosophes et d'auteurs ont dû être consultés, que toutes les philosophies anciennes et modernes passent alambiquées par l'étamine de cet homme surprenant. La nature de Dieu, celle de l'homme, ses facultés, ses droits, ses devoirs, sa constitution physique et morale, sa nature matérielle et spirituelle y sont examinés, développés, raprochés, analysés avec une érudition qui effraient les esprits ordinaires.

Rien ne saurait faire désormais que la philosophie de *M. de Lamennais* ne soit un ouvrage immense et peut-être le plus important du siècle.

Une révolution peut-être plus extraordinaire que celle qu'il est destiné à produire dans le monde s'est opérée dans l'esprit de *M. de Lamennais* lui-même.

Personne ne peut avoir oublié que *M. de Lamennais* professait cette théocratie absolue qui faisait des papes les maîtres de la terre. Le pouvoir exorbitant de *Grégoire VII* l'avait ébloui et comme fasciné. *M. de Lamennais* voyait rivés à la même chaîne tous les peuples du monde chrétien dont l'anneau de fer allait se fixer au trône des souverains pontifes. Tel était le principe développé dans son *Essai sur l'Indifférence*, dans ses brochures, dans l'*Avenir*, jusqu'à l'apparition des *Paroles d'un Croyant*.

Jusque-là l'écrivain isolé n'a vu le peuple qu'à travers la crevasse de sa solitude; mais son voyage à Rome, ses relations avec les philosophes ont métamorphosé cet homme. Le peuple, qu'il n'avait jamais envisagé que de biais, il l'examine, il l'analyse; et trouve que chez lui est la force et la puissance du siècle. Dès lors il comprend qu'il est déjà bien loin de nous ce temps où Bossuet disait, dans son sermon sur l'*Unité de l'Eglise* : « Que les peuples et les rois étaient trop heureux de vivre sous le sceptre « d'un seul pontife. » *M. de Lamennais* prend justement le contrepied de cette doctrine; il met toute la chaleur de son âme, toute l'énergie de ses facultés à créer la puissance populaire, qu'il avait jadis employées à ressusciter la théocratie du moyen âge, et voilà comme de prédicateur de l'absolutisme théocratique *M. de Lamennais* s'est fait un républicain presque furibond.

Chose surprenante! c'est que *M. de Lamennais* n'a pas changé le symbole de son principe de certitude dans sa philosophie. On sait que dans *l'Indifférence* il avait ainsi établi son symbole : « Le consentement commun, « disait-il, est pour nous le sceau de la vérité; notre axiome est que tout ce « que les hommes croient vrai est vrai. »

Dans sa philosophie ce symbole ne change pas au fond; car il dit : « Nous « appelons vérité ce à quoi les hommes adhèrent partout et toujours. »

Nous avons démontré dans notre article du 24 juin 1834, imprimé dans le feuilleton de la *Gazette de Picardie*, que ce système était évidemment faux quant à son application aux preuves de la religion, il nous reste à démontrer qu'il est également faux quant aux faits historiques, scientifiques et moraux.

1° N'est-il pas vrai que tous les peuples de la terre, à l'exception des Hébreux, professaient l'idolâtrie : or l'idolâtrie est reconnue aujourd'hui être une absurdité.

2° N'est-il pas vrai que l'esclavage domina sur la terre pendant trente siècles? or, comme républicain, *M. de Lamennais* réprouve l'esclavage.

3° N'est-il pas vrai qu'avant *Copernic* et *Galilée* tous les peuples de la terre, trompés par les sens, appuyés sur la Bible elle-même, croyaient que le soleil tournait autour de la terre, tandis que c'est la terre qui tourne?...

Que faire ici du système du sens commun, si ce n'est pour se donner un soufflet sur la joue?

Le système de l'assentiment général des hommes n'est donc pas un principe infaillible de certitude, et di-ons hardiment qu'il n'y a sur la terre aucune *vérité absolue* que celle de la religion catholique pour ses adhérents ; hors de là toutes les vérités sont relatives. Des milliers d'erreurs ont été professées par les anciens, qui sait si les générations futu es n'en découvriront pas à leur tour, même parmi les prétendues vérités que nous adoptons? Quelles modifications chaque année, chaque jour, chaque minute même la vérité n'apporte-t-elle pas aux intelligences capables de réflexions et qui analysent leurs idées?

Or ce sont des idées que naissent tous les progrès de l'esprit humain. La nature de l'humanité est de toujours marcher vers un horizon immense qui se déroule sans cesse devant elle. Les progrès du genre humain marchent à cheval sur une idée; c'est une idée qui réforma le monde. Tout livre quelconque est fils d'une idée, comme toute civilisation est fille d'un livre. Ce fut l'ancien Testament qui civilisa les Hébreux, ce fut le nouveau qui civilisa les chrétiens, etc.

D après le système bien apprécié de *M. de Lamennais*, il n'est pas étonnant que les évêques aient condamné ce système; car il fut un temps où l'Eglise était au berceau, elle commençait; donc elle n'a pas toujours existé; et quand *M. de Lamennais* dit que : « Nous appelons vérité ce à quoi la « généralité des hommes adhère partout et toujours, » comme la religion n'a pas toujours existé, donc elle ne serait pas une vérité, mais un mensonge. Il e t à remarquer que le système du *Sens commun* nie l existence de toutes les religions positives, qui toutes ont eu un commencement; il n'y a que la loi ou la religion naturelle qui remonte à la création.

Sur la terre il n'y a que trois moyens réels de certitude : 1° certitude des sens, encore est-elle imparfaite, puisque nos sens nous trompent souvent; 2° certitude de la foi pour les catholiques : la foi s'impose et ne se discute pas; 3° enfin la *confiance* pour tous les autres peuples et les autres hommes. Par exemple, les ignorants ne comprennent rien dans les sciences et dans les arts ( ils sont comme un certain prélat qui a fait sa confession publique à cet égard); eh bien! ces ignorants croiront à l'astronomie, à la poésie, à l'histoire, à la musique, etc., parcequ'ils ne peuvent raisonnablement refuser leur confiance à tant d'autorités; ils font comme l'aveugle qui croit aux couleurs, comme le sourd qui croit aux sons, puisque la relation des hommes est un motif *raisonnablement* certain de juger, en thèse générale, du moins.

Quant aux dogmes de la religion, ils n'ont évidemment d'autre motif de certitude que la foi, et la foi *catholique* ne se prouve ni ne se démontre d'après sa signification même : *Fides est substantia rerum argumentum non apparentium.* La foi a pour objet la substance de choses qui n'offrent pas de preuves.

C'est donc aux évêques et au corps enseignants, sous leur suprême juridiction, qu'il appartient de régler tout ce qui concerne ce point fondamental de la religion. Si les dogmes sont invariables, la morale a la même invariabilité; il 'y a que la discipline qui puisse changer, et qui change effectivement selon les temps et selon les lieux.

Ici peut-être se présente naturellement l'occasion d'examiner les rapports de la religion avec les gouvernements divers.

L Eglise doit-elle préférer les gouvernements absolus aux gouvernements libres, constitutionnels et parlementaires? Il ne faut pas une grande connaissance de l'Evangile, une grande érudition biblique pour découvrir la volonté expresse de Dieu à cet égard. Assurément la religion impose le devoir de l'obéissance et du respect, le paiement du tribut aux maîtres de la terre, quels qu'ils soient, fussent-ils méchants, schismatiques et hérétiques. *Subjecti estote magistris vestris, etiam discolis.* Mais s'ensuit-il, peut-il s'ensuivre que le gouvernement des méchants, le gouvernement tyrannique absolu enfin soit le gouvernement que Dieu préfère? le contraire ne résulte-t-il pas de la volonté expresse de Dieu lui-même, quand il dit : « Vous savez que ceux qui paraissent posséder le pouvoir chez les gentils « dominent sur eux; et les princes ont une puissance sur leurs personnes : « *Videntur principari,... dominantur... potestatem habent ipsorum;* » mais notre divin Sauveur ajoute : « Il n'en sera pas de même parmi vous : mais « quiconque voudra s'élever au-dessus des autres sera votre serviteur; et « quiconque voudra être le premier entre vous sera le dernier de tous; car « le Fils de l'homme lui-même n'est pas venu pour être servi, mais pour « servir, etc. »

Ce texte si connu de l'Evangile même démontre jusqu'à l'évidence la condamnation expresse que le divin législateur des hommes fait des gouvernements absolus, et la préférence qu'il donne aux gouvernements libres, populaires et constitutionnels, tout en prescrivant l'obéissance à tous les gouvernements quelconques.

Ainsi donc sous l'empire de la loi évangélique les rois, les maîtres de la terre, les supérieurs de toute espèce, sont réellement les serviteurs et les mandataires du peuple et de Dieu même, dont ils tiennent la place.

Les gouvernements absolus agissent au contraire dans un sens diamétralement opposé à la doctrine évangélique sous ce rapport. Les rois absolus ne semblent régner que pour eux seuls; ils s'arrogent le droit de vie et de mort sur leurs sujets; disposent de leurs propriétés, de leurs personnes, selon leur fantaisie et leurs caprices; c'est dire assez qu'ils sont en opposition formelle et évidente avec l'Evangile, qui exige impérieusement que les maîtres du monde en soient les pères : « Mais pour vous qu'on ne vous ap- « pelle pas maîtres, parceque vous n'avez qu'un seul maître, et que vous « êtes tous frères. » (S. Math., ch. 23.) Et ailleurs : « *Dominatores terræ non magistri, sed patres apud vos.* Or, des pères ne dévorent pas leurs enfants, ni leurs substances, ni leurs intérêts, mais se dévouent et s'immolent pour eux.

Hélas! à notre avis, c'est un bien grand tort que le clergé s'est de tout temps donné de se montrer favorable aux gouvernements absolus, et de se laisser ainsi déborder par l'interprétation populaire des vérités irréfragables contenues dans l'Evangile même, et de prendre en sous-œuvre celle de Dieu même!

Mais qu'avait donc le clergé à gagner, en religion, en politique, en bien-être réel et véritable, en se prononçant pour l'adoption des principes absolus, anti raisonnables et antisociaux? Rien absolument que l'aliénation des peuples et l'éloignement des fidèles! car en supposant, par exemple, que le clergé, au lieu de se prononcer presque universellement contre la *révolution de juillet* et ses principes de liberté et d'égalité évangéliques, ait fait des remontrances courageuses à *Charles X*, et que dans le cas où elles eussent été inutiles il ait épousé la cause de la nation, qui est celle du genre humain, évidemment les scandales dont nous avons été les malheureux témoins n'eussent pas existé. Au lieu d'abattre les croix on les eût respectées, adorées même, comme les symboles, qu'elles sont, des droits du genre humain. Mais au lieu de cet heureux résultat il est arrivé les plus grands malheurs qui pouvaient surgir d'un tel état de choses; c'est que le corps épiscopal, le plus vénérable qui ait existé depuis des siècles, a rendu son ministère inutile et presque odieux, et que le gouvernement a dû chercher son appui et sa puissance dans des *ralliés* ineptes, ambitieux et par là même immoraux ; car des diverses sources de l'immoralité l'ambition est la pire de toutes ; or de tels hommes n'auront jamais la confiance des honnêtes gens et des bons fidèles. On les tolérera, on les subira par respect pour une dynastie vénérée ; mais leur puissance, qui ne saurait avoir pour base le mérite, l'estime et la confiance, sera toujours un malheur et un fléau pour la religion et l'humanité ; voilà un des résultats déplorables de l'antipathie inexplicable des bons évêques pour la révolution de juillet, car il est évident que le gouvernement ne pouvait pas confier d'influence à ses ennemis, et les évêques d'ailleurs en 1830, en grande majorité, tenaient à honneur de s'isoler de lui.

« Jetez un os dans la rue, dit un proverbe trivial, mais d'une incontestable vérité, et il se trouvera toujours un dogue pour le ramasser. » Ainsi ce que le haut clergé a cru devoir refuser, sans doute par une fausse délicatesse, toujours respectable, il s'est trouvé naturellement des ambitieux immoraux, des ralliés sans pudeur, transfuges intéressés de leur parti et de leurs principes (si les ambitieux ont des principes), qui se dirent : « Après « tout, si Paris valait bien une messe, comme disait *Henri IV*, une mitre « et une crosse valent bien un ralliement. » Dès lors naquirent les mauvais choix, à défaut de la possibilité des bons et des convenables.

Ce fut alors qu'on vit des hommes ineptes, d'une nullité complète et honteuse, prétendre s'élever à la hauteur des chênes majestueux des forêts ; mais ils ont beau vouloir s'exhausser à cette sublimité, ils ne sont réellement que des ronces rampantes qui se traînent sur la boue, leur appui et leur aliment, dont elles dévorent, en parasites, la substance précieuse, destinée à l'alimentation des cèdres du Liban.

Un si fatal état de choses, qui révèle un état anomal jusque dans le sein même de l'Église, accuse une indifférence fâcheuse, une incurie impardonnable pour les intérêts et l'honneur du clergé. Cet état est d'autant plus déplorable qu'il n'existe aucun moyen d'y remédier, faute de représentation, car le clergé en est entièrement dépourvu. Les heureux objets, ou plutôt les infortunés objets de ces indignes prédilections ne se justicieront pas eux-mêmes, comme bien on le pense ; ce qui est bon à prendre est aussi fort bon à garder. Il faut même forcément que le clergé accepte ce qui lui est imposé ; il faut même qu'il entende exalter le néant et l'immoralité ; car il est une remarque aussi judicieuse que profonde de *Tacite*, c'est que les méchants sont précisément ceux que l'on exalte et qu'on loue le plus de leur vivant, à cause de l'effroi qu'ils inspirent... *Néron*, *Caligula*, *Tibère*, et jusqu'à l'infâme *Caraccalla*, furent les objets, pendant leur vie, des plus viles adulations. Ce dernier est même qualifié de Père de la patrie et de Bienfaiteur du genre humain sur les pierres milliaires du *département de l'Oise*, que j'habite maintenant O humanité ! à quel honteux degré de bassesse et d'indignité ne descends-tu pas par l'intérêt ou par la peur ? *Caraccalla*, le vil empoisonneur de son frère et de ses médecins, qualifié de Père de la patrie et de Bienfaiteur du genre humain ! O profanation de la vérité ! ô dégradation des hommes ! Hélas ! peut-être n'est-il pas loin le temps où nous entendrons comparer à *Bossuet* et à *Fénelon* la honte de l'épiscopat et de l'humanité ! *ô tempora ! ô mores !*

Tant de maux irrémédiables, et qui n'iront qu'en empirant, eussent été évités si le clergé du second ordre eût été constitué en corps sacerdotal par l'inamovibilité ; si depuis dix ans l'élection des dignitaires ecclésiastiques avait été réglée par une sage combinaison des électeurs prêtres, civils et municipaux. Dans cette supposition les choix fâcheux que le clergé déplore n'eussent point eu lieu. Le temps n'est pas encore bien éloigné où un choix de ce genre excita de si universelles répulsions que sur plus de cent prêtres que je vis tous s'écrièrent : « C'est un choix indigne, déplorable, *affreux* ; c'était le seul homme qu'il fallût écarter ! » et depuis lors pourtant des *ralliés* se sont *ralliés* au *rallié* dans des vues d'intérêt et d'ambition. *Quid non auri (et superbiæ) sacra fames ?* Je crois vraiment que l'ambition, l'orgueil et l'intérêt feraient de l'impiété même une quatrième vertu théologale s'ils y trouvaient leur profit !

Oh ! qu'il avait raison de s'écrier l'illustre *D'Aguesseau*, à propos des choix de la magistrature : « Des motifs si purs (le mérite et la vertu) ne « nous touchent plus guère ; on ne sacrifie aujourd'hui qu'à l'intérêt. C'est « lui qui ouvre presque toujours votre carrière, comme celle de tous les « autres états... et que peut-on attendre de ces âmes vénales qui se prosti- « tuent ?... Les sciences négligées, les muses désertes, la paresse victo- « rieuse de l'application ; le travail regardé comme le partage de ceux qui « n'ont pas d'esprit, et dédaigné par tous ceux qui croient en avoir... L'igno- « rance insulte à la doctrine ; la science, timide et tremblante, est obligée « d'emprunter de l'art le secret de se cacher...

(D'Aguesseau, Discours sur la décadence du barreau.)

C'est du choix des hommes que dépendent l'honneur et le prospérité des individus et des nations : en fait d'administration quelconque, religieuse comme toute autre, le choix des hommes fait tout.

Qu'arriverait-il si le gouvernement, au lieu de mettre à la tête du ministère de la guerre, par exemple, un général illustre et de capacité comme le *maréchal Soult*, y plaçait un homme dé-honoré par sa poltronnerie et son inaptitude ? Le gouvernement ne place-t-il pas à la tête de tous les ministères des hommes éprouvés par leur mérite, leurs talents et leurs services ? S'il en était autrement, le peuple ne se croirait-il pas avili, dégradé, trahi ?

Croit-on que le clergé soit moins soucieux de son honneur, de sa gloire et de ses intérêts ? Comment se fait-il que l'on méconnaisse, précisément à l'égard du clergé, la sagesse de tant de siècles ? Mais quoi donc ! n'est-ce pas une dérision ? C'est une règle de droit naturel, canonique et imprescriptible qu'il faut aux prêtres avant de gouverner, prêcher et édifier : *Opportet edificare, predicare antequam regere*; et l'on place à la tête du clergé des hommes qui n'ont jamais prêché et qui ne prêcheront jamais; qui, s'ils ont fait leur première communion, n'ont assurément pas fait leur premier sermon ; dont les ouvrages ridicules sont des compilations indigestes, des pastiches ignorants et honteux, en un mot, des *bouteilles à encre*, selon les avis de tous les lecteurs éclairés ! et ils osent prétendre à l'admiration ! alors qu'on use ses manches à force de hausser les épaules !

Invoquerait-on leur prétendue piété ? Mais la piété est moins une vertu spéciale que la réunion de plusieurs vertus réunies : l'amour de Dieu, du prochain, de la justice, et surtout une immense charité envers les pauvres, les malheureux, les infortunés. Mais invoquer la piété en faveur de cruels ambitieux, c'est presque un blasphème ! c'est pour le moins une amère dérision ! Quoi ! L'on accollera l'épithète de *pieux* à des hommes injustes, barbares, les violateurs des droits les plus sacrés, de la vertu et de la raison, et dès lors ennemis de Dieu !!! Allons donc ! c'est trop se moquer du bon sens, et pour débiter de telles absurdités attendez que tout le monde soit tombé en enfance !

Est-il moins absurde de dire que si ces ambitieux ineptes n'ont ni talents ni vertus, ils ont du moins le tact de l'administration ? C'est ici assurément la prétention la plus révoltante et la plus immorale qu'on puisse imaginer, à moins que pour le gouvernement des hommes il s'agisse de flatter la puissance et de fouler aux pieds la faiblesse et le droit! Alors l'on comprend toute la portée d'aduler les enfants des riches dans les colléges royaux pour se créer des protecteurs puissants dans leurs parents, et d'écraser les pauvres desservants, sans force et sans appui; mais c'est là une rouerie machiavélique et ignoble, digne d'un druidisme moral qui ne peut que flétrir celui-là même qui en peut concevoir l'idée.

L'objet de la protection spéciale de tout pouvoir, et surtout du pouvoir religieux, c'est la vertu, le mérite, la douceur, la souffrance et la pauvreté, et ils commettent une grande erreur ceux-là qui donnent encore à celui qui a déjà de trop, qui comblent de faveurs le riche et le puissant, et seulement, comme par ricochet, accordent quelques miettes au mérite et à la science.

« Celui là, dit *Machiavel* lui-même, qui certainement est le moins « *machiavélique* (1) de tous les hommes, n'a jamais su et ne saura jamais « gouverner qui ne sait pas faire des heureux, qui ne fait que des infortu-« nés, qui choisit les administrateurs hors des conditions du génie, du ta-« lent et de la vertu. »

Enfin, pour légitimer le choix de certains ambitieux (eux très *machiavéliques*), dira-t-on que l'édification de leur vie et mœurs les a signalés à l'attention de qui de droit? mais ici l'on suffoque! *Arlequin*, abats vite le rideau! Que, par un effroi légitime d'assassins moraux, l'on se taise; sous peine de perdre ses moyens d'existence, il le faut bien; mais chut! l'heure de la justice sonnera: Dieu n'abandonnera pas l'humanité, sa créature et son image.

Ou bien encore invoqueront-ils leur opinion favorable à la cause populaire, aux droits des peuples et des nations ? Mais ils ont rampé aux pieds de tous les despotes et de tous les despotismes; ils ont encouragé *Charles X à monter à cheval* (pour fouler le peuple), et, après la révolution de juillet, ils ont appelé de tous leurs vœux l'étranger pour mettre le peuple français à *la raison !* c'est à dire pour le rendre esclave des puissances étrangères et lui imposer les ineffables douceurs des chaînes et du baillon; et quand ils ont vu que leurs vœux étaient inutiles, ils se sont *héroïquement ralliés;* mais, sans faire un jugement téméraire, l'on pourrait demander à qui et à quoi? mais gare au holà !

Ont-ils jamais rien fait pour l'humanité que de la dégrader, ces hommes écrasés aujourd'hui de honteuses dignités religieuses (car c'est de celles-là

---

(1) Les lecteurs instruits le savent; *Machiavel* et *Montesquieu* sont les plus grands noms de la science politique.

Comme tous es hommes d'un véritable génie, *Machiavel* était, pour ainsi dire, doué du don de prophétie.

Témoin des abus énormes de son temps, causés par le mauvais-choix des dignitaires ecclésiastiques, il dit dans ses *Décades* ces paroles mémorables : «Examinez la constitution de l'Eglise; observez combien la pratique s'éloigne de son esprit, et vous jugerez sans peine que nous touchons au moment de la ruine ou du châtiment. »

*Machiavel* avait vu, dans son temps, le cardinal *Hyppolite d'Est* faire arracher les yeux à son frère naturel dans une chasse et en sa présence, parcequ'une femme que le cardinal idolâtrait lui avait préféré ce frère infortuné.

Doué de cette perspicacité qui devance les siècles, *Machiavel* a vu *Luther, Calvin,* les réformateurs, et même le *philosophisme,* s'élever sur les ruines de la théocratie absolue.

Un *vicaire général,* d'une érudition profonde et d'une rare éloquence, dit dans une introduction à une histoire d'un diocèse : « Ce sont moins les fautes que l'impunité qui portent préjudice à l'honneur des corporations. » (P. 56.)

Cette idée d'une justesse profonde, je l'ai eue vingt fois moi-même; oui, c'est plutôt l'impunité que la faute qui déshonore les corporations et les avilit aux yeux des peuples; mais le châtiment doit atteindre les *vrais* et *puissants* coupables; sacrifier les faibles et quelquefois les innocents, c'est absoudre le *lion* qui se confesse d'avoir dévoré le berger et le troupeau, et immoler le débonnaire animal qui avoue avoir tondu d'un pré d'un moine la largeur de sa langue. (Voir *La Fontaine.*)

Rien n'échappe à la clairvoyance du peuple, surtout de nos jours; or, il s'aperçoit

que je veux parler )? N'est-il pas honteux pour des Français que ce soient des *étrangers* qui, de tout temps, aient pris l'initiative pour défendre les droits des individus, des peuples et des nations ?

N'est-ce pas le peuple anglais qui le premier a décrété l'abolition de l'esclavage dans l'univers, lui qui avait tant d'intérêt à sa conservation? N'a-t-il pas donné ce spectacle héroïque de consacrer un demi-milliard à l'anéantissement de cette lèpre hideuse de l'humanité? Et quand on songe qu'il existe de nos jours cent cinquante millions de nègres, et que pas un *absolu* ne s'est élevé, que *tardivement*, pour les émanciper, n'est-on pas confondu de honte et d'indignation? Je ne connais que deux hommes illustres qui se sont courageusement prononcés pour nos frères les noirs de couleur, le *Saint-Père le Pape* et *de Lamartine* (pour celui-là on le trouvera toujours sur la brèche pour l'honneur de l'humanité et de la France dont il est la gloire personnifiée).

Encore une fois, n'est-ce pas le peuple anglais qui le premier dans le monde, alors qu'il existait des républiques sans doute. a inventé cet admirable gouvernement constitutionnel dont nous sommes les copistes imparfaits? *L'Angleterre* n'a-t-elle pas su conserver dans toute leur intégrité l'autorité royale, l'influence aristocratique et les droits du peuple, alors que tous les pouvoirs chez nous ont été mis dix fois sens dessus dessous ?

On lui reproche la dure captivité de *Napoléon ;* mais elle considérait ce génie admirable comme l'incarnation du despotisme, le gouvernement le plus nuisible à l'espèce humaine, sous quelque rapport qu'on le considère : *l'absolutisme est immoral,* dit *Montesquieu.*

C'est bien à tort aussi que des chicanes injustes et mesquines reprochent à *l'Angleterre* des trahisons odieuses, des exactions révoltantes, des usurpations incessantes. C'est l'envie et la mauvaise foi qui suggèrent un tel langage. Il faut bien que le peuple anglais se fasse payer de ses avances, qu'il maintienne ses droits et sa prospérité légitime.

Hommes de justice et de droiture, ne médisons pas de la nation *anglaise ;* car c'est elle qui en tout temps s'est montrée juste et hospitalière envers le mérite et le malheur ! C'est la seule nation qui ait écrit sur ses monuments : « Tout puissant qui persécute la vertu et le talent est digne d'être « pendu ! » Cette maxime de haute justice et de haute équité, elle l'a gravée dans son cœur. Pour moi je n'aurai jamais le courage de médire d'une nation puissante qui explique ainsi son immense influence au profit de l'humanité tout entière, et je dirai sincèrement que l'alliance de la France et de l'Angleterre doivent concourir à la conquête du bonheur et de la liberté du genre humain ; je dirai plus, *l'Angleterre* est plus habile, plus expérimentée que nous, je dirai même plus *grande* que nous de deux siècles ! (1)

-------

que si l'on immole si souvent l'innocence sans force et sans défense, loin de punir l'on exalte les mangeurs de troupeaux et de bergers! De là scandale, indignation, immoralité qui appellent de nouveau ou ruine ou châtiment. Les corporations, sans moyens de réclamation, gardent un silence forcé ; mais si la plaie n'a pas de suppuration extérieure, le mal n'en est que plus dangereux et plus incurable ; et *si le loup est renfermé dans la bergerie,* comme dit le proverbe, le ravage n'en sera que plus certain et plus irréparable. Oh! quand reviendront donc ces beaux jours de justice et de charité, caractère du vrai christianisme? quand les puissants du monde se souviendront-ils que la *religion* et la *philosophie* sont deux filles jumelles, enfantées dans le sein même de la divinité, et destinées à marcher appuyées l'une sur l'autre? Alors nous verrions la religion de *Fénelon,* ou sinon, ce dont l'imagination s'effraie à juste titre, l'anéantissement définitif de la religion!!!

(I) La justice méritée et consciencieuse que nous rendons ici au peuple anglais provoquera peut-être l'étonnement et la censure de certains critiques injustes et atrabilaires; mais nous pensons, nous, que l'équité est une dette que les hommes se doivent entre eux, abstraction faite des questions politiques et religieuses.

Il serait méséant, ridicule même, que nous nous portassions comme juge d'orthodoxie

Nous l'avous dit déjà dans cet article, et nous le répétons, les hommes se donnent un bien grand tort de prendre en sous-œuvre les œuvres de Dieu même.

Voici plus de quatre mille ans qu'un seul soleil éclaire le monde, ce que des millions d'étoiles ne peuvent faire ; ce qui démontre qu'un seul génie peut faire ce que des milliers d'esprits médiocres ne feront jamais. Voici encore plus de trois mille ans que les *Chinois* triturent les pieds des jeunes

---

en ce dernier point; mais c'est pour nous un devoir de constater que l'*Angleterre* professe du moins avec foi et ardeur une croyance chrétienne, alors que la France professe la plus déplorable indifférence pour tout ce qui touche à la religion.

A ce sujet nous citerons une lettre datée de *Londres*, en 1841, signée d'un Français catholique nommé *Lemoine*, dans laquelle on lit les passages suivants, qui sont de nature à frapper tout penseur réfléchi, pour peu qu'il ait de portée dans l'esprit et de bonne foi dans le cœur. Laissons parler l'écrivain :

« Dans notre pays, *en France*, où il y a à peine une religion, où l'Eglise elle-même, au lieu de tendre une main ferme et sûre à ceux qui cherchent leur voie, s'abandonne à une sorte de romantisme qui amollit et corrompt tous ses dogmes; où la hiérarchie a successivement disparu de l'ordre moral et de l'ordre politique pour se réfugier dans l'ordre administratif, et est descendue de la région des esprits dans la région *des bureaux*, on chercherait en vain un point de comparaison pour ce qui se passe en *Angleterre*...

« En *Angleterre* les passions les plus populaires et les plus nationales sont les passions théologiques. Il s'y fait un grand mouvement d'idées dont il est impossible qu'il ne sorte pas quelque chose ; et pour moi, qui ai la conviction invincible qu'avant *un quart* de siècle le monde sera livré à la controverse religieuse et aux graves conflits de la théologie, je ne puis voir sans un sentiment de regret l'*Angleterre* nous devancer encore à la tête de cette future croisade intellectuelle.

« La controverse religieuse est toujours le premier besoin de l'*Angleterre*; elle y est dans tous les rangs, dans tous les âges, dans tous les sexes ; les jeunes filles y font de la *propagande* autant que les prêtres. L'*Angleterre* donnerait tous ses illustres écrivains pour une page du livre éternel, de l'Écriture sainte.

« Promenez-vous un dimanche dans une grande ville d'*Angleterre*, errez dans les rues désertes et les places abandonnées, en vain vous y chercherez le peuple; il est tout entier dans les temples...

« Ne croyez pas ceux qui vous disent que ce peuple-là dégénère, car il a dans ses missionnaires et ses marchands les instruments d'une propagande telle que le monde n'en a pas encore vus. Je n'oublierai jamais le spectacle que m'offrit une assemblée protestante dans *Exeter-Hall*. Il y avait là plusieurs milliers d'hommes et de femmes, presque tous jeunes gens et jeunes filles. On ouvrit la séance par une prière que prononçait un prêtre et que ces milliers de bouches accompagnaient à demi-voix ; puis, quand vinrent ces harangues véhémentes du prédicateur qui annonçaient la conversion... à la Babylone écarlate, alors éclata une tempête que nulle expression ne saurait rendre. Les hommes levaient leurs bras en l'air en poussant de grands cris; les femmes agitaient leurs mouchoirs avec transport, et l'enthousiasme courait à pleins bords de toutes ces lèvres enflammées. Quand on songe que toute la jeunesse d'*Angleterre* grandit dans cette atmosphère, que toutes ces jeunes filles deviendront mères, qu'elles éleveront leurs enfants dans la crainte du Seigneur et dans la haine des hérétiques, et leur apprendront à voir dans les ennemis de leur patrie ceux de leur Dieu... l'on peut croire que l'*Angleterre* n'a pas dit encore son dernier mot... »                                                   (LEMOINE.)

Maintenant nous pardonnera-t-on d'émettre ici quelques réflexions générales? D'où vient cette conviction religieuse si profonde et si vivace chez les Anglais ? Eux-mêmes nous l'apprennent. La *Bible* est bien plutôt leur *Charte* que leur institution civile et politique. Ils regardent ce livre divin comme un arsenal commun et public où chacun vient choisir ses armes de combat pour le salut. Pour eux l'Evangile est le dépôt universel de toutes les vérités religieuses, morales et même scientifiques. L'interprétation de ce *Livre des livres* est laissée libre à tous et à chacun. L'opinion adoptée par le croyant devient comme une propriété personnelle et inviolable, comme une espèce de patrimoine moral que personne ne tente de détériorer. Le protestantisme ne reconnaît qu'une seule hérésie, c'est le monopole absolu des vérités révélées. Sa foi est libre et spontanée, et se discute; la discussion est souveraine parmi les peuples libres ; mais pas de réprobation ni d'anathème pour personne d'après ce principe : qu'après avoir exclu l'individu on finit par exclure la nation. Ils excluent la foi catholique parcequ'elle s'impose et ne se raisonne pas, et qu'ils la croient indigne d'une créature libre et raisonnable. Les protestants regardent comme controuvée toute religion chrétienne dont les dogmes se mettent au dessus ou contre la loi naturelle. Ils pensent qu'une prétendue perfection spéciale n'aboutit qu'à un scandale certain et corrupteur; en définitive ils regardent comme une audacieuse impiété de prendre en sous-œuvre les œuvres de Dieu

filles en venant au monde , et voici trois mille ans qu'elles naissent avec
des pieds bien conformés comme les nôtres.

C'est la preuve que rien ne peut résister aux desseins éternels de Dieu !

L'on a raisonné à perte de vue sur la morale générale et individuelle ;
l'on a écrit sur ce sujet des volumes innombrables que ne pourrait contenir
*Saint-Pierre de Rome* ; l'on a discuté sur la *polygamie*, la *monogamie*, etc.,
et Dieu s'est prononcé sur ces points de la manière la plus claire et la plus
précise.

Depuis la création du monde Dieu a créé les deux sexes dans un nombre
parfaitement égal, autant de garçons que de filles. Si Dieu avait voulu
la polygamie en faveur des hommes, il eût créé dix fois plus de femmes
que d'hommes ; s'il avait voulu la polygamie en faveur des femmes, il eût
créé dix hommes contre une femme : donc le Créateur veut l'union indisso-
luble de l'homme et de la femme.

Dieu ne s'est pas tu sur les rapports de l'homme avec l'homme ; il a écrit
dans son cœur : « Ne fais pas à autrui ce que tu ne voudrais pas que l'on
te fît à toi-même. »

Surtout Dieu ne s'est pas tu sur la nature des gouverneurs humains ; il a
voulu que les rois fussent plutôt des pères que des maîtres : il l'a dit dans la
Bible, dans l'Evangile et par l'organe de tous les grands hommes de tous
les lieux et de tous les temps. L'illustre *D'Aguesseau* n'a-t-il pas dit « que
« les rois de la terre devaient être plus jaloux du titre de pères que de celui
« de conquérants. »

(3<sup>e</sup> Discours. Indépendance de l'avocat.)

Le Tout-Puissant a mille moyens de parvenir à ses fins, et en première
ligne la douleur et le désespoir. *L'illustre inconnu*, le critique le plus spirituel et le plus profond de nos jours, n'a-t-il pas écrit dernièrement encore :
« De grâce, ô mon Dieu ! si vous devez faire disparaître la douleur de la
« terre, réservez-la du moins pour les hommes de génie et de talent ; car
« sans la douleur nous n'eussions possédé ni *Homère*, ni *Virgile*, ni *le*
« *Dante*, ni *le Camoens*..... Heureux donc celui qui a l'intelligence de sa
« douleur !... »

*D'Aguesseau* n'a-t-il pas dit aussi : « Mettez à profit les injures de la for-
« tune ; une heureuse adversité a souvent fait éclater un mérite qui aurait
vieilli sans elle dans le repos obscur d'une longue prospérité. »

(Discours. Indépendance de l'avocat.)

Hélas ! pour nous, s'il nous a manqué quelque chose, ce n'est pas assurément l'infortune et le malheur, pas même les plus grands de tous, l'exil,
la méconnaissance et le délaissement ; mais notre confiance en Dieu, sublime
et divin consolateur, ne nous a jamais failli. Nous avons la certitude que va
surgir l'aurore d'une nouvelle ère où les ministres de Dieu auront une belle
place à occuper, un noble rôle à jouer, si eux aussi enfin ont l'intelli-

---

lui-même. Les choix des dignitaires ecclésiastiques se font par voix consultatives, et
sont de véritables élections pastorales, civiles et municipales. Les *adjoints aux évêques*
(vicaires généraux) y sont responsables et contrôlés, et souvent soumis au rappel.
Les pasteurs des paroisses y sont non seulement inamovibles, mais inviolables, hors
le cas de crimes qualifiés. Le clergé protestant trouve un écho fidèle et chaleureux dans
le peuple, dont les églises sont pleines à comble, tandis qu'en France les temples sont
déserts, et leurs prêtres forcément muets faute d'auditeurs. Ainsi parlent les faits.

gence de leur malheur, de leur influence et de leur délaissement. Un nouvel ordre de choses a surgi depuis dix ans; qu'ils sachent le comprendre et l'expliquer au profit des droits des peuples, dont ils sont les mandataires.

Pour moi j'ai la conviction que le clergé du second ordre, une fois *inamovible*, une fois les dignités ecclésiastiques devenues électives, pourra et devra adopter un *catéchisme politique*, où seront exposés tous les devoirs et les droits de l'homme, du citoyen et du chrétien (1); c'est alors, et alors seulement, qu'il pourra reprendre auprès des peuples ce rang dont il est déchu depuis plus de cinquante ans.

Quant à nous, il est une chose que nous savons par cœur il y a plus de vingt-cinq ans : c'est le *sic vos non vobis* de Virgile. Nous savons encore que l'impartialité ne se rencontre que dans trois conditions privilégiées et bien rares : 1° chez les hommes de véritable génie (et ils ne sont pas communs, je vous l'assure.); 2° chez les hommes indépendants par leur fortune et la noblesse de leurs sentiments; 3° enfin dans le peuple, quand il n'est pas détourné de ses voies naturelles de justice et d'appréciation. Hors de ces trois conditions l'on ne rencontre que persécutions intéressées, envie d'état et critique ignorante des prétentieux.

En terminant cet article nous nous mettons donc sous la garde de Dieu, la protection des honnêtes gens; et puis après nous dirons comme le chevalier sans peur et sans reproches : *Nous avons fait et ferons notre devoir, advienne que pourra !*

---

# POÉSIES.

## SEIZIÈME ÉPITRE.

### A UN DÉPUTÉ, M. DE LAMARTINE.

#### FRAGMENTS.

Noble représentant d'un peuple généreux,
Qu'admire l'univers pour ses faits glorieux;
Toi, que guident toujours la vertu, l'éloquence,
Dirige les efforts vers l'honneur de la France !
Jugeons les nations comme l'individu,
Si le peuple est honni son honneur est perdu.

---

(1) « Les droits et les devoirs sont les deux pôles moraux qui soutiennent le monde spirituel. »

A force de travail, de peine et de torture
Parfois l'homme parvient à vaincre la nature ;
Quelquefois la vertu, l'esprit et les talents
*Sont vainqueurs des jaloux, et vengés des méchants ;*
Mais une nation une fois dégradée
Végette ignoblement devant tous humiliée.
Mais d'un roi magnanime à l'héroïque voix
Le peuple courroucé surgirait à la fois.

. . . . . . . . . . . . . . . . . . . . .

Que donc penseras-tu d'un ecclésiastique
Qui, bravant des mondains la mordante critique,
Va provoquer sur soi le blâme immérité
De se montrer *Français* en toute liberté ?
Ne crains-tu pas pour moi que leur vaine furie
Ne m'envoie aussitôt rimer en sacristie,
Ne m'assourdit de cris, et dise à mon sujet
Que vont renaître encor jésuite et récollet ;
Que, sous l'humble manteau d'une sainte soutane,
Va surgir de nouveau l'ambition profane
D'absorber les honneurs, de gouverner l'état,
De provoquer enfin plus d'un fâcheux débat ?
Ils sont passés ces temps d'erreur et de délire,
Où les prêtres, les rois se disputaient l'empire ; (1)
De ces nombreux combats le sort a décidé,
Et le pouvoir terrestre au peuple est demeuré.
Les prêtres et les rois, après mainte bataille,
Ont conservé chacun du poisson une écaille ;
Trop ordinaire sort de ces vains chicaneurs
Qui ressemblent si bien aux imprudents plaideurs.
D'un clergé tout puissant les biens et la richesse
L'ont réduit de nos jours à l'extrême détresse ;
Du pouvoir absolu les abus inhumains
Ont fait tomber le sceptre en d'étrangères mains ;
Et dans cette fortune et triste et désastreuse,
Oui, notre beau pays, la France, est trop heureuse
Qu'un monarque éclairé, monarque citoyen,
Des pouvoirs dissolus ait rattaché le lien,
Et que nous trouvions, pour seule garantie,
Son noble dévoûment, sauveur de la patrie !
Lamartine, permets qu'un simple desservant,
Que n'aveugla jamais un honneur inconstant,
Ose, de ta justice invoquant l'assistance,
Te prier aujourd'hui de prendre la défense
Te ces prêtres nombreux, faibles et délaissés,
Partout des malveillants si souvent victimés.
Cet intérêt est grave ! En défendant leur cause,
Oh ! tu travailleras à la commune chose.

---

(1) La fameus  querelle entre l'Eglise et l'empire dura plusieurs siècles. Dans ces temps malheureux de troubles et de confusion, les papes s'arrogèrent le droit de déposer les rois. Le pape *Sixt-Quint*, dans sa bulle de 1585, qualifie *Henri IV de génération bâtarde et détestable de la maison de Bourbon. Henri IV*, de son côté, fit afficher à Rome même, sur la porte du *Vatican*, que *Sixte-Quint* en avait menti, et que c'était lui-même qui était hérétique. Cette querelle orgueilleuse et insensée s'est terminée au détriment des parties : le pouvoir est passé au peuple.

Les desservants sans droits ne sont que des *parias;*
C'est d'eux certainement que l'on peut dire, hélas !
Des volontés d'autrui ministres débonnaires,
De leur propre néant instruments volontaires,
On les voit arroser de leur sainte sueur
Les sillons de la foi, la vigne du Seigneur;
Et, pour prix mérité d'un si pénible ouvrage,
Ils recueillent souvent la douleur en partage.
Ce n'est pas tout encor . . . . . . . . .

. . . . . . . . . . . . . . . . . . .

Le pauvre desservant, sans force et sans puissance,
Est immolé victime à la toute-pui-sance.
L'humanité s'indigne en voyant ces abus,
Qui devraient soulever le cœur de nos élus !
Je viens, à ce sujet, invoquer ta justice,
Te supplier ici de leur être propice.
Ministres de *Jésus,* prêtres sacrifiés,
Que les desservants donc soient enfin protégés
Et contre les méchants, et contre tous les crimes,
Dont ils sont si souvent les touchantes victimes;
Qu'ils le soient même aussi près de leurs chefs puissants,
Leurs appuis naturels, trompés par les méchants;
Qu'envers les desservants la loi soit équitable,
A leurs chefs abusés c'est être fa‑orable;
Car certains intrigants que l'on endure encor,
Tu les verras un jour, chargés de pourpre et d'or,
Du haut des dignités tomber dans la poussière,
Affublés de mépris, leur trop juste bière;
Et puis après confus . . . . . . . . .

. . . . . . . . . . . . . . . . . .

---

# TRENTE-HUITIÈME ÉPITRE.

## AUX DAMES FRANCAISES ET SURTOUT PARISIENNES.

en faveur des curés desservants.

---

### ARGUMENT.

En juillet 1828, alors qu'une persécution *affreuse* m'obligea à me condamner à un exil *volontaire* et à demander mon *exeat,* par suite d'une
discussion littéraire où, de l'aveu de tous (mon adversaire excepté, bien
entendu), j'avais eu raison pour le fond et pour la forme, une dame illustre
par son savoir et son talent, que je n'avais jamais vue, au reste, qui avait

lu mes poésies, auteur de savants ouvrages, m'écrivit une lettre si sublime et si touchante qu'elle me pénétra de la plus vive reconnaissance. Elle donnait à mes faibles écrits des éloges exagérés, sans doute, mais bien consolants pour moi dans la situation pénible où je me trouvais. Elle s'offrait d'aller se jeter aux pieds de mon évêque pour défendre ma cause ; mais outre qu'il était trop tard ( j'avais demandé et obtenu mon *excat* ), une noble fierté m'eût fait rejeter son offre généreuse. Seulement j'envoyai à l'évêché cette lettre précieuse avec plusieurs autres pièces justificatives. J'eus soin de faire affranchir le paquet ; mais quand la députation de ma paroisse alla me réclamer, et demanda le résultat de ma dernière démarche, on lui répondit : « Nous avons bien reçu un paquet de l'écriture de *M. Brebion*, mais on l'a refusé pour cause de taxe. » Et cependant j'ai payé 1 fr. 50 c. pour son affranchissement ! Dois-je m'en prendre à l'infidélité du commissionnaire ou à la négligence de la poste ? c'est ce que j'ignore ; mais après tout, est-ce que l'existence d'un prêtre ne valait pas 1 fr. 50 c. ? est-ce qu'une règle générale ne souffre pas d'exception ? est-ce que je n'étais pas bon pour payer 1 fr. 50 c. ? Mais l'on ne voulait ni voir, ni entendre, ni savoir ! Une pareille cruauté m'étouffe à perdre haleine ! Toutefois c'est le souvenir touchant de la lettre précieuse de cette noble dame qui me conseille ici de m'adresser aux dames *françaises* et surtout *parisiennes*, sachant aujourd'hui, par expérience, combien sont nobles, justes et généreux les sentiments qui les animent.

## FRAGMENTS.

De ma muse timide encourage l'essor,
O divin Apollon, toi dont la lire d'or
De chants mélodieux, séduisants d'harmonie,
Enchantait autrefois les champs de l'Ausonie !
Daigneras-tu prêter à mes humbles accents
Le talisman heureux de tes enchantements
Pour écrire un poème où la délicatesse
Réclame de ton art la voix enchanteresse ?
De ton aide puissant daigne m'offrir l'appui
Dans le sujet nouveau que je traite aujourd'hui ;
Sujet bien difficile, et que plus d'un, peut-être,
Trouvera déplacé sous la plume d'un prêtre !
Car de mon saint état l'austère bienséance
D'un ouvrage sensé ferait une indécence !
A de vains préjugés devrais-je donc céder,
Quand de si saints motifs m'obligent à parler ;
Quand, toujours et partout, l'erreur ou bien le crime
Parmi les gens de bien vont chercher leur victime ;
Quand, hélas ! du Très-Haut les prêtres délaissés
Sont d'un sort rigoureux en tous lieux accablés ;
Quand de l'impiété la rage et la furie
Déjectent leur poison sur leur vertu flétrie ;
Quand, d'un ambitieux, sans talents et sans *foi*, (1)
Il leur faut supporter l'humiliante loi ;

(1) Il s'agit ici de la *foi politique* dont les ambitieux changent comme de chemises dans leurs intérêts immoraux.

Quand leurs yeux révoltés sur l'épiscopal trône
Voient le néant *affreux*, que l'intérêt seul prône ?
Ah ! des prêtres honnis, en tous points offensés,
N'auraient - ils pas le droit, justement indignés,
Sans recourir aux lois d'une coupable brigue,
D'essayer les efforts d'une innocente ligue ?
Ne pourraient-ils donc pas, usant du droit commun,
Invoquer prudemment ce moyen opportun ;
Intéresser pour eux la vertu, la jeunesse,
Les talents, le pouvoir, le droit et la noblesse ?
A cet appel nouveau tous les cœurs généreux
Ne répondront-ils pas pour combler tous leurs vœux ?
De ma part est-ce erreur ? Je vois la tendre mère
Vouer à son pasteur une estime sincère.
Sur les fonts baptismaux il bénit son enfant :
Ce souvenir pour elle est un lien tout puissant !
A la table sacrée il disposa sa fille,
L'espoir de sa maison, l'honneur de sa famille !
Puis, au jour d'un hymen heureux et fortuné,
Figure au saint contrat le nom de son curé ;
C'est lui, c'est le pasteur dont le saint ministère
Donne à cette union l'auguste caractère,
Signe religieux d'une fidélité
Le plus ferme garant de la société.
Pour lui, noble pasteur, il vit de sacrifices ;
Il nous prêche le bien, il fait la guerre aux vices ;
Et quand tous les humains, sans presque exception,
Contractent avec bonheur une douce union,
Lui, prêtre de *Jésus*, à ses devoirs fidèle,
D'une sainte pudeur il offre le modèle !
Pour jouissance il a des pauvres à soigner,
Des larmes à tarir, des maux à soulager !
D'un talent surhumain il faudrait le prestige
Pour peindre du pasteur le dévoûment prodige.
Tout repose sur lui : c'est le gouvernement,
Et la société dont il est le garant,
Il était un héros, faut-il que je le nomme ?
C'était *Napoléon !* eh bien, lui, ce grand homme,
Disait (1). . . . . . . . . . . . . .

. . . . . , . . . . . . . . . . .
Oh ! oui, du genre humain, ô la noble moitié,
Vous décidez du sort de notre humanité !
De vos douces vertus la céleste influence
Est comme du Très-Haut une sainte puissance.

----

(1) Il est une chose trop connue pour que j'entreprenne de le prouver ici, c'est l'estime de *Napoléon* pour les *curés desservants*. C'est un fait historique qu'il dit d'eux : « Les curés desservants sont la meilleure pâte d'hommes de mon empire. » Mais ce grand homme ne pouvait comprendre comment il se trouvait des hommes assez dévoués pour se vouer au sacerdoce catholique, dépourvus comme ils le sont de tous les droits de l'humanité. On sait que ce grand homme regretta avec amertume, en 1814, à *Troyes*, de n'avoir pas créé un corps sacerdotal puissant par l'inamovibilité du clergé du second ordre. Il fit dans une autre circonstance une comparaison frappante entre l'utilité du soldat et celle du prêtre, où tout l'avantage est demeuré à ces derniers. C'est cette comparaison que j'ai mise en vers, et que le défaut d'espace m'oblige à supprimer ici.

# TRENTE-NEUVIÈME ÉPITRE.

A M. L'ABBÉ EUSÈBE BLONDEL, MON AMI D'ENFANCE,

Curé de MONTIGNY-EN-GOHELLE, près DOUAI, en réponse à une lettre très aimable
et très spirituelle qu'il m'a écrite le 8 août 1841.

### EUSEBIUS EUSEBIO.

De ta missive, *Eusèbe*, à la douce lecture
Se réveille en mon cœur le cri de la nature.
Tu m'y parles, ami, d'un langage charmant
Des souvenirs pieux d'un vieil attachement;
Tu m'y nommes *Clenleu*, berceau de mon enfance,
Où je filai des jours de joie et de souffrance;
Tu m'y parles, *Eusèbe*, oh! de cet *Hôtel-Dieu* (1),
De nos jeux innocents le mémorable lieu!
C'est dans cet *Hôtel-Dieu*, je m'en souviens encore,
Que brilla de mes ans la passagère aurore!
Alors d'un avenir séduisant de bonheur,
Je flattais mon espoir, je nourrissais mon cœur!
De nos gestes enfantins, dont bien je me rappelle,
L'on ferait bien, vraiment, quelque bonne nouvelle,
Dont j'ignore, *Eusèbe*, en sais-tu la raison?
Pourquoi toi le *Bertrand*, moi toujours le *Raton*!
Te souviens-tu qu'un jour, tout en chassant en fraude,
Sur les biens de *Boutin* (2) je faisais la maraude,
Quand des oiseaux de mer, vers les cieux envolés,
Je dirigeai le plomb vers ces êtres empennés,
Et que par le hasard, bien plus que par adresse,
Un succès inouï couronna ma prouesse?
Mais toi, malin *Bertrand*, tu voles me pilets,
Et me fais déguerpir par les moqueurs sifflets!
Oh! qu'il est maladroit, dis-tu, quelle mazette!
C'est une gaucherie à mettre en la gazette!
Et moi, pauvre *Raton*, tout penaud, tout confus,
Je m'enfuis tout honteux, tous mes sens éperdus!
Toi, tu te dis : c'est bien, oui, va-t'en; je m'en moque,
*Eusèbe* les abat, mais un *autre* les croque!
. . . . . . . . . . . . . . . . . . . .

---

(1) L'*Hôtel-Dieu* était une grande ferme dépendant de l'hospice de *Montreuil-sur-Mer*. C'est dans cette ferme que fut élevé M. *E. Blondel*, dont, par la suite, mon frère aîné épousa la sœur.

(2) Madame *Boutin* était propriétaire de la terre de *Clenleu*.

Parlons de ton bidet (1), très gentil animal,
Sur l'échine de qui, d'un élan sans égal,
Sans m'appuyer jamais sur sa blonde encolure,
Je me trouvais hissé sur la douce monture,
Où sautant d'un seul bond, comme ferait un chat,
Quand pourtant sur les fers je ne tombais à plat.
Plus d'une fois aussi, dans l'ardeur qui me guide,
Je te prends la croupière, eh! mais oui, pour la bride...
. . . . . . . . . . . . . . . . . . . . .
D'un tout autre cheval j'affronte le courroux ;
Pour monter celui-là, oh! tu filerais doux !
Il n'a pas, comme *Brinque*, étriers et croupière,
Et pour sauter dessus il n'est qu'une manière ;
S'élever par l'esprit à d'immenses hauteurs ;
Puis après, faisant trève à de vaines terreurs,
L'enfourcher d'un élan, quand léger comme la nue
Il fend les airs, agile, et s'échappe à la vue.
Tel est, l'ami, tu sais, le cheval d'Apollon ;
Tu le verras perché sur son haut Hélicon ;
Encore plus léger que la légère gaze,
C'est un cheval ailé qu'on appelle Pégase,
Qui, sans cesse planant dans les sublimes lieux,
Fait voler l'estafette entre terres et cieux !
Je t'ennuie, ô mon cher, avec mes hyperboles,
Dépensons si tu veux de moins vaines paroles ;
Parlons de *Louis*, puis après d'*Augustin ;* (2)
Mais me permettras-tu, sans faire le malin,
De m'informer, l'abbé, *s'ils savent les usages*,
S'ils commencent enfin *à parler aux visages ?*
Bien pardon, mon ami, de l'indiscrétion ;
Passe cet intérêt à ton cher *Brebion* ;
Car enfin ces messieurs dedans leurs officines
Envisagent parfois de bien étranges mines !
Et tu le sais, ami, il est un certain lieu
Où l'on vise souvent vers le juste milieu.
Cessons pourtant, abbé, ces vaines facéties,
Et mettons vite un terme à nos plaisanteries.
Ta lettre, mon ami, produit et joie et deuil, (3)
Car si j'ai ri de l'un, j'ai pleuré de l'autre œil.
Dans mon cœur ulcéré ton aimable missive
Ranime, cher *Eusèbe*, une peine bien vive !
Je pense, en te lisant, ô mon cher *Blondel*,

---

(1) *M. Blondel* me rappelle, dans sa lettre pétillante d'esprit, que j'étais si agile dans mon enfance que, m'appuyant sur la croupe de son cheval, je sautais dessus, voire même par dessus : ce qui l'a fait augurer que j'enfourcherais un jour *Pégase*, c'est à dire que je serais *poète*. Cette plaisanterie, sous sa plume, est du meilleur goût et pleine d'atticisme. L'esprit et les *Blondel* ça ne fait qu'un, soit dit sans plaisanterie aucune.

(2) *MM. Louis* et *Augustin Blondel*, frères de M. l'abbé *Blondel*, sont deux jeunes hommes parfaitement aimables et spirituels ; mais, hélas! ils sont *pharmaciens, apothicaires*, vieux style, et, si j'en crois un certain *Molière*, ces messieurs-là n'ont pas toujours coutume de parler *aux visages* ; ils ont d'autres *usages*.

(3) Il est vrai, à la lettre, que j'ai ri d'un œil et pleuré de l'autre en lisant la lettre de mon ami, M. Blondel ; tant de souvenirs divers se sont rappelés à ma mémoire!

Que mon exil, hélas! est peut-être éternel!
Et quand d'heureux roués j'admire la fortune,
Ce spectacle odieux aigrit mon infortune.
Ils ont, eux, mérité la honte et le malheur,
Et je les vois comblés d'une indigne faveur!
Je suis, moi, le martyr, nullement le coupable :
Aussi contre eux, l'ami, je suis impitoyable.
De mon juste mépris l'ardente immensité
Au monde prouvera leur lâche cruauté,
Pour avoir sous leurs pieds, par un orgueil barbare,
Foulé, les immoraux, un autre bon Lazare.
Pour leur peine ils iront chez nos derniers neveux
Amuser les rieurs de leurs faits *glorieux*.
Dans leur rage impuissante en vain de ma *Tribune*
Ils voudront étouffer la colère importune. . .

. . . . . . . . . . . . . . . . . . . . . . . . . . .

Mais d'un cruel orgueil si suivant l'influence
Je servais de pâture à leur noire vengeance,
Alors, de mon *Phébus* invoquant le secours,
A mon fiel comprimé je donne un libre cours;
Et sur le dos galeux de méchantes bourriques
J'applique à tour de bras mes verges polémiques.

E. BR**, prêtre.

*N. B. M. l'abbé Blondel*, dans sa lettre du 8 août, ne me dit pas un mot de mes persécuteurs, ni des persécutions que j'ai éprouvées. Ce serait donc de leur part une odieuse injustice que de le rendre responsable de la juste indignation que j'éprouve au souvenir de si *affreuses* vexations dont je fus la victime. Autant que qui que ce soit, je sais que si, à l'exemple de notre divin maître, les hommes vertueux sont toujours justes et indulgents, les hommes vicieux et immoraux sont faciles pour eux seuls, durs et intraitables pour les autres; incapables de la moindre vertu, ils exigent des autres la perfection la plus sublime, selon ce langage de l'Evangile : « Les docteurs de « la loi et les pharisiens (que *Jésus* appelle des sépulcres blanchis) sont assis « sur la chaire de *Moïse*; observez donc et faites ce qu'ils vous ordonnent, « mais ne faites pas ce qu'ils font; car ils disent ce qu'il faut faire, et ne le « font pas. Ils lient des fardeaux pesants et qu'on ne saurait porter, et les « mettent sur les épaules des hommes, et ne voudraient pas les avoir remués « du bout du doigt... Ils aiment les premières places dans les festins et les « premières chaires dans les synagogues; ils aiment qu'on les salue dans « les places publiques et qu'on les appelle *maîtres*; mais pour vous qu'on « ne vous appelle point *maîtres*, parceque vous n'avez qu'un *maître* et que « vous êtes tous frères. » (*S. Matthieu*, ch. 23.)

Voilà bien, trait pour trait, la peinture de ces hommes ambitieux que nous subissons; mais

« Leur élévation est le gibet de honte,
« Le carcan mérité de l'orgueil qui l'affronte. . .

(*Epître* 31.)

# QUARANTIÈME ÉPITRE.

## A UN CARDINAL. (1)

### FRAGMENT.

D'un noble *cardinal* quand je vante l'histoire;
Quand de ses faits fameux j'admire la mémoire,
On le comprend, je parle ici de *Richelieu*,
L'effroi des ennemis de son roi, de son Dieu!
La gloire de la France et celle de l'Eglise
En ses jours de splendeur ou ses moments de crise.
Qu'il était haut placé ce nom de *cardinal*,
Dont le talent sublime avait pour piédestal
Des peuples subjugués l'entière obéissance
Et d'un sublime roi la juste confiance !
Mais nos jours déflorés vont toujours déclinants;. . . .

. . . . . . . . . . . . . . . . . . . .

# QUARANTE-UNIÈME ÉPITRE.

## A LA VILLE DE RODEZ, CAPITALE DE L'AVEYRON,

patrie de Mgrs de *Frayssinous*, savant et illustre ministre des affaires ecclésiastiques
sous la restauration, d'*Affre*, archevêque de Paris, de *Fualdès* (2), la *Bancale*, etc.

### FRAGMENT.

O célèbre *Rodez*, ville vraiment fameuse,
Historique cité, ville mystérieuse,
Toi dont de *Fualdès* l'horrible assassinat
Effraya l'univers de son lâche attentat;
O toi, noble *Rodez*, dont le destin bizarre
A nourri dans ton sein le savant, le barbare,
Que donc penseras-tu de l'incroyable ton
Dont je parle, indiscret, des rives de l'*Aveyron*,
Berceau de *Frayssinous*, celui de la *Bancale*,
Dont le rôle odieux, tout hideux de scandale,
Réveille en tous les cœurs des souvenirs sanglants,

---

(1) Un cardinal pourrait-il s'offenser que je lui destinasse une épitre quand le *roi
des Français* m'honora de ses honorables et augustes félicitations?
(2) L'horrible assassinat de *Fualdès*, le rôle odieux qu'y joua la *Bancale*, sont con-
signés dans les causes *horriblement* célèbres. *Rodez* a donné naissance à mon illustre
bienfaiteur et à mon ignoble persécuteur. Monseigneur de *Frayssinous* m'adressa de
précieux éloges en 1825, alloua des fonds pour mon presbytère en 1828, me proposa en
1829 à une cure de canton.

Que corrigent, heureux, tant de faits honorants?
Dans tes murs trop fameux surgirent la science,
Le talent et le crime et l'ignoble ignorance :
D'un intrigant *affreux* le pouvoir abhorré
A pris naissance un jour en ta vieille cité. . .

   •  .  .  ,  .  .  .  .  .  .  .  .  .  .  .  .

OBSERVATION. Cette page contenait un long fragment de ma quarante-deuxième épître dont, après réflexion, j'ai cru devoir supprimer jusqu'au titre, mu toujours par ce noble motif que je ne veux pas avoir seulement l'air de provoquer des persécuteurs cruels et immoraux.

O grand Dieu, que tes desseins sont impénétrables! que d'injustices tu permets dans la vie! que d'infortunes sublimes, héroïques et imméritées! mais aussi que de prospérités scandaleuses, immorales et révoltantes! mais pourquoi s'en étonner quand il est incontestable que, dans les secrets du Tout-Puissant, la persécution est une faveur, la souffrance morale un bienfait? le fils de Dieu lui-même n'est-il pas mort sur l'arbre douloureux de la croix, et n'est-ce pas un fait que le plus illustre des hommes, *Homère* enfin, mendia son pain pour vivre?

Bien souvent on l'a dit et répété, tous les moyens sont bons aux méchants pour arriver à leurs fins, et ils ne sont guère délicats sur le choix de ces moyens. Qui le croira jamais? des hommes d'une nullité honteuse ont exigé de moi-même que je fusse le *premier* aux concours théologiques, et cela sur plus de deux cents compositeurs, dont un grand nombre d'un talent supérieur, et exclusivement spéciaux dans la matière, tandis que moi j'avais reçu pour la forme scolastique de la théologie, encore que je l'aimasse au fond, une aversion native et insurmontable; et cependant mon *supérieur natal*, qui tenait dans ses mains puissantes ma destinée tout entière, et qui n'eût pu, lui peut-être, parvenir à l'honneur d'être *l'avant-dernier*, exigea impérieusement que je primasse aux concours théologiques. Voici un fragment de sa lettre *textuelle* du 25 octobre 1824 : « Monsieur Brebion, « vous avez obtenu *tant de points;* mais vous êtes fait pour *la première* « *place*, et je vous y attends l'année prochaine. Vos pouvoirs vous sont « renouvelés jusqu'au 1ᵉʳ novembre 1825. » CH., *év*** d'A***.

Autant que qui que ce soit je comprends tout ce qu'il y a pour moi de flatteur dans cette exigence; mais encore une fois la nature invincible de mon esprit se refusait à ce genre de succès, à cause de l'absurdité de la forme. Toutefois le prélat n'exprimait pas seulement un désir ou un vœu, mais exigeait *impérieusement* que je fusse *premier*. Comme on le conçoit, cette exigence ne fit que me décourager et me révolter. Voici au reste la lettre que m'écrivit quelques jours après *M. Lefebvre*, vicaire général : « M. Brebion,... sa grandeur *exige impérieusement* que vous soyez premier « au concours prochain : rien ne vous est plus facile; donnez-lui cette satis- « faction. »

Mais c'était pour moi l'impossible, eu égard à la nature de mon esprit positif. Que se proposait-on d'ailleurs? rien autre chose que de me détourner de ma vocation essentiellement littéraire; l'expérience l'a bien prouvé. Par mille vexations l'on me força à me condamner à un exil volontaire. Ce n'est pas tout, l'on me poursuivit dans cet exil; l'on se doubla, l'on se tripla; mais le stylet moral de la vérité et de la poésie percera l'habit et les doublures, Dieu aidant, si la nécessité l'exige. Déjà la foudre de Dieu a démitré un prélat *affreux;* c'est une façon de sa part de se prononcer contre une ambition inepte et ridicule. C'est cet événement providentiel et extraordinaire qui nous a inspiré cette plaisanterie; honni soit qui mal en pense!

# MÉDITATION

## SUR L'ÉPITRE DU JOUR DE S. DENIS.

### ( 9 OCTOBRE ).

### UN PRÉLAT DÉMITRÉ PAR LE TONNERRE, LE 20 AOUT 1841.

> Non ambulantes in astuciâ.
> (2ᵉ *Ep. de S. Paul aux Cor.*, c. 4.)

Un prélat inouï, voyageur en carrosse,
Qui fait hurler *affreux* et la mitre et la crosse,
A ses obscurs parents, rempli d'un orgueil vain,
Veut s'offrir plus brillant qu'un noble souverain :
Cet orgueil révolta le maître de la terre,
Qui, tout plein de courroux, fait gronder son tonnerre,
De son foudre vengeur, que sa main dirigea,
De notre ambitieux la tête *démitra*.
Ici du *doigt de Dieu* proclamons la sagesse ;
Il pardonne au nigaud ; mais avec prestesse
Il décoiffe le fat, lui découvre le front,
Et, par le fait frappant d'un salutaire affront,
Lui démontre qu'il doit renoncer à la mitre
A laquelle, l'inepte, il n'eut jamais de titre, etc.

E. Bʀ** prêtre.

---

# MATIÈRES CONTENUES

### DANS CE DEUXIÈME NUMÉRO SPÉCIMEN.

# ÉPITRE A M. DE LAMARTINE.

( Voir le n° 19. )

O poëte introuvable, illustre *Lamartine*,
Entraînés aux accents de ta muse divine,
Les peuples enchantés de tes vers séducteurs
Te trouvent au dessus de leurs plus grands honneurs !
Mais que penseras-tu de ma timide audace
Qui veut que je te loue, ô gloire du Parnasse ?
D'un regard de mépris, à l'écart rejetés,
Je verrais, malheureux, mes écrits conspués,
Si, de l'humanité l'honneur et le modèle,
Tu n'étais des vertus le sectateur fidèle.
A l'exemple de Dieu, qui créa l'univers,
Tu compatis, grand homme, à tous nos maux divers.
A tes yeux il n'est pas de souffrance ni de peine
Que ne puisse alléger l'influence de ta veine.
De ton nom vénéré l'essor plus qu'humain
Exerce sur les cœurs un pouvoir souverain.
Sublime défenseur des droits de la nature,
Ton amour du vrai brille en *Toussaint-Lacouture !*
Plus éloquent encor que l'illustre *O'Connell*,
Ton nom efface *Foy*, l'orateur immortel !
Alors que tant d'honneurs, magnanime poète,
Viennent en concert éclater sur ta tête,
De quel front, pauvre auteur, par ta gloire éclipsé,
Parcourir le chemin par ta verve illustré ?
C'est à peine vraiment si, d'après tes chefs-d'œuvre,
J'ose de mes efforts signaler la vaine œuvre.

Eh ! que suis-je donc, moi, Jéhovah, ô mon Dieu,
Mince fétu de paille, envolé vers tout lieu,
Soufflé par l'ouragan qui gronde sur ma tête,
Un atome inconnu, brisé par la tempête ?
Et j'ose vous chanter *Rome, Londres, Paris !*
Par un dieu ce travail devrait être entrepris !
Du malheur la victime, écrasé par sa roue,
Je me plaindrais en vain, foudroyé dans la boue !
Si nul est mon pouvoir, forte est la vérité ;
Je suivrai la lueur de sa vive clarté.
Peut-être du Très-Haut la justice éternelle
Sur mon fétu brisé jettera l'étincelle
Qui révéla jadis la pauvre *Bethléem*,
Te brûla de ses feux, grande *Jérusalem !*

*N. B.* Cette épitre complète sera destinée à *M. de Lamartine*, avec ce deuxième *numéro-spécimen*.

PARIS, IMPRIMERIE DE POUSSIELGUE, RUE DU CROISSANT, 12.